詩の魅力／詩の領域

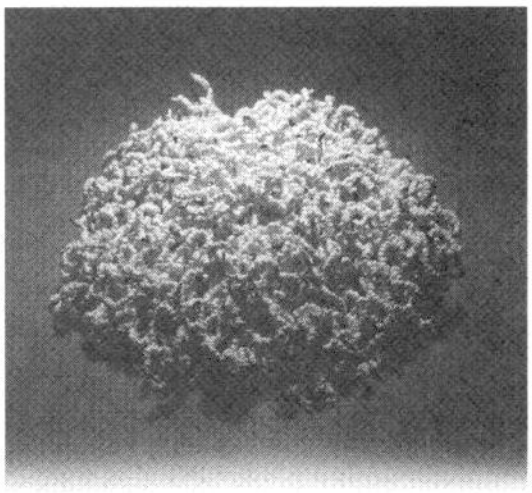

水田宗子

思潮社

詩の魅力／詩の領域

装画＝エヴァ・ヴァリエ
装幀＝伊勢功治

詩の魅力／詩の領域

水田宗子

はじめに

　詩の魅力とは何だろうか。詩はつねに古く、新しい表現ジャンルであり続けている。詩は詩人の内面の表現であるが、読者の心の奥深くへ入り込み、その心を摑む。詩表現は、詩人の内面と読者／他者の内面との対峙であり、詩を媒介にして詩人の内面と読者の内面を繋ぐ。詩作品は、詩人の内面だけではなく、読者の内面をも外在化するのである。それが詩の持つ力だろう。

　詩人の内面の顕現化といっても、それは必ずしも詩人本人にとって自明のものでも理性的に理解していることでもない。もしそれが自明のものならば、その発露を詩表現に託す必要はないだろう。内面の欲求や表現への衝動は、詩人自身を翻弄する、不可解で、危険なものだ。理性では理解やコントロールできず、言葉ではうまく伝えることができない、未知の領域、心の奥深くに潜む魔物のようなものである。放っておけば生きる力を奪われかねないし、それを簡単になだめたり鎮めたり、やっつけたりしようとすれば、手のつけられない破壊的な力に変貌しそうである。人は往々にして、触らぬ神に祟りなしとばかりに、自分の深層領域の暗闇を覗こうとはせず、そこに蓋をしたままにする。しかし詩人はあえてそれをしなければ、存在意識が不確かなままであることを知っているので、詩に内面の表現を託そうとするのだ。

詩人の内面の顕在化を目指すといっても、それは言葉を通してであることはいうまでもない。詩にとって言葉はそれを可能にする唯一の手段だ。しかし、詩の言葉は、文法や慣習の約束に従って文章を作り、作者の意図するものを明確に伝えるという他者とのコミュニケーションを目的とする道具であるよりは、ちょうど絵画における色や音楽における音のように、言葉それ自体の存在と、言葉では表せないという、言葉の不能と葛藤しながら、葛藤の結果として喚起するもの、示唆するもの、暗示するもの、象徴するものを通して詩人の内面を外在化する。そのため現代詩の読者は、作品の言葉に受動的に頼っていては自分の内面への回路を開くことができないだろう。

その回路が読者／他者の内面への回路でもあるのだから、現代詩の魅力はいわば深読みの魅力である。書く側の詩人にとっては自分でも摑みきれない内面の魔物との命がけの葛藤であるが、それが読者／他者の内面に受け止められなければ、単なる独りよがりのあがきになってしまいかねない。有り体の言葉を使っていれば、詩人に負けない内面との葛藤と苦悩を抱えている読者に届くことはないのだ。読者／他者にテキストに向き合い、自分で考え、感じ、解釈してもらうことがなければ、結局詩作品はどこかに届く回路のないままなのであり、それは詩の魅力がないに等しいことになる。

　現代詩の作品構成には大雑把に言って三次元の重層構造が見られる。一つめの次元は、作品テキストの言葉が伝える意味やメッセージの次元、つまり現実、アクチュアリティの表象の次元、二つめの次元は、暗喩や換喩、連想、神話や伝説、古典作品などへの言及、語り直し、他作品から引用、援用を通して意味やイメージの幅と層、世界観の領域を広げ、自分の体験、思想、感情など私的領域を超えた文化や文明の古層を掘り起こしていく。それが作品の「普遍性」を示唆する。寓話や神話における原初的な感情や行為、世界観や価値観などを読者が一篇の詩作品に見出すのは、詩人や読者個人の固有な経験や内面を超えた、原型的な、原初の生きた形のようなものを感じ取るからだ。

そして三つめの次元は、それらの次元の底流を形成する、それまで不可視だった自分の内面世界の表象である。それは個人の意識の古層への降下のプロセスの表現でもあるが、それを通して詩人が「啓示」や「認識」を得る瞬間、意識の表象の次元である。その一瞬はあくまでも「現在」であり、現代詩は現在性の顕現を志向する。古層への掘り起こしと存在の現在性の実感、その衝撃が、読者にとっても現代詩の魅力であるだろう。

詩表現は、常に現実性と普遍性の間にあって、常に互いの間の拮抗を送り返している。神話的、寓話的な宇宙空間へ向かう想像力と、個人の経験とその時代性の中にとどまり続けて、固有の経験、実在の表現を追求する方向、前者は、時間と空間を超える「永遠」の中に生きる実存の姿を表す瞬間を表象しようと求め、後者は、歴史と時間の闇の中に捨て置かれた個としての実在を浮かび上がらせようと足掻く。それはロマンティシズムとリアリズムの拮抗というよりは、どちらから表現の入口へ入っても必ず中で重なり、ぶつかり合う運命的な重層性なのだ。

二十世紀前半の批評家を例にとれば、東欧出身のエリアーデは神話的原型とその反復という概念でこの拮抗を捉え、ベンヤミンは歴史の闇の中で消されてしまう個の特有の実在を、歴史に対する時間と空間の現実における拮抗として表現を捉えようとする。詩人自身は、この自己存在の意識の確かさが時間の中でしか起こり得ず、その今、ここで、自分が、という現在性がやがてどこかに葬られて誰にも届かずに消えてしまうことへの不安とともに、その瞬間の確かさゆえの強烈さを感知している。他者に届くことは、その時間性と空間性を超えることであるが、同時に現実性の強烈さと輝きが普遍や神話的、寓話的な原始や原初の形への回帰によって、個の生々しい属性と俗性を失っていくことも知っている。

読者は、素手でこの内面表現の重層性に入っていく詩人にとっての他者である。やがて同胞となるかもしれぬ他者だ。読者は、詩作品というテキストを「読む」、つまり深読みすることによって、現代詩作品の重層的な構造をくぐって、詩人自身にも作品を通して初めて顕在化する内面風景に自分を重ねるのである。読者は言ってみれば詩人の内面の発見者であり、それに共感することを通して読者もまた自己の内面を見つめる。しかし、その内面への回路の道は決して平坦ではなく紆余曲折している。読者の側から言えば、「受容と抵抗」の繰り返し、言葉、テキストに織り込まれた制度的な、歴史的、伝統的な価値観と想像力に常に敏感に反応し、疑心暗鬼になり、拒否し、抵抗していく過程が「深読み」の過程でもあるからだ。詩人の内面と読者の内面の出会いはそんなに簡単ではないのである。

詩表現が、言葉の社会的意味に頼らないならば、イメージやメタフォアのように言葉で作られるもの、現実の裏側に隠されているもの、社会的規範に抑圧され、理性に支配されて意識の水面下に押しやってきたもの、決められた価値や考えに反し、直接に表現できないものなどを暗示して感動や認識をもたらす喚起力が重要になる。アイロニーやユーモア、ナンセンス、引用やリズムの転調など、思いがけない驚きや衝撃が読者の感性や想像力を刺激し、心や魂を直撃する。その過程を通して、言葉の、手垢に塗れない原初的な、生まれたての、野性に満ちた状態を取り戻そうとする。どのようにしても、言葉自体が詩の生命なのである。

詩の持つこの第三の次元は、詩人が自分自身の存在意識の探求のために苦慮している内面の把握を可能にするための外在化であり、そこが読者の内面に届くかどうかが「深読み」の到達点だろう。


なぜ詩はそこまでして言葉の意味だけに頼ることをせず、時には言葉から意味を剝ぎ取ろうとするのか。

一つは、言葉が社会制度的な意味に「汚染され」、記号化されているので、意味を剝ぎ取ることで、言葉を生き返らせようという意図のためである。極端に言葉から意味を剝奪することは、詩の言おうとすることを曖昧にし、不明にするというラディカルな詩的実験となる。Ｅ・Ｅ・カミングスやエリュアールのような実験的な詩表現はよく知られているが、今日まで、コンクリート・ポエムと呼ばれる作品は現代詩の思想的な一翼を担い続けている。実験的なナンセンス詩も健在で、マザーグースも不思議な国のアリスも詩の世界の人気者である。

言葉の担う社会的意味の伝達という機能が障壁となるのは、表現の源泉でもあり標的でもある「内面」が詩人にとっても詩表現にとっても大敵であるからだ。社会生活の通念に基づくコミュニケーションで使う文章や会話の言葉で内面が語ることができるならば、詩表現はいらないし、また、表現とは直接自分の目の前の他者に向かってありのままに語るのではなく、生きた時代も場所も異なり、経験も思想や感性も異なる、見知らぬ他者の、これまた個別な内面に届こうとする手段であり、それが表現の持つ普遍性だが、そればかりでなく何よりも日常の他者に向かって、有り体に語れないことの外在化を求めたくせものだからだ。

人は誰しもが個別の内面を持ち、内面は社会生活の人間関係では処理できない感情や欲望や願望、恐怖などを溜め込む大きな貯蔵庫である。その深層に溜め込まれたものは表層に、意識の表面に出ることはなくても、人の行動や考え方、生き方に影響を与え、支配すらする。深層領域は処理されていない内面であって、自分でも気がつかない、理解できないのが特徴である。ジュリア・クリステヴァは、現実を規範に従って制度化、言語化する過程で文化の深層へ遺棄されてきたものが掘り起こされ、呼び返された現実と意識の表層へ帰還するのは詩の言語によってであるという。詩は、意識が立ち上がる最も深い地点から湧き上がるのだ。

表現はそれ自体が認識行為であるとすれば、詩にとっての言語とは何であろうか。その認識も論理的な思考や社会的なコミュニケーションの同意や共感に還元されて理解する認識ではなく、身体的感覚や感性、想像力によって到達する認識であり、それは啓示とも言われるほど、認識に至る経路、回路が異なっている。論理的思考には仮説を立てたり、実証したり、順を追ったりする回路があるが、詩の認識は往々にして一瞬のうちに到達する。

しかしその一瞬の啓示も言葉によって顕現化され人間の感覚に響いてこなければなら

ず、どのように深い認識でもそれなしには他者の内面には届かない。詩表現は絵画や音楽、映像のように身体的な感覚によって感受され、確かめられて、読む人の内面へ届けられなければならないのである。したがって詩の言葉とは、イメージやメタフォアの内包する意味による理解や認識に訴えるのではなく、それらの喚起する感性と想像力による啓示に訴えるのであり、受け取るのは読者の身体的な感覚なのだ。異なった空間、時間の中での他者の内面風景を、自分の内面風景との響き合いで受容することができるかが読者の側からの要求である。

したがって詩表現は、そして詩の言語とは、あくまでも身体的な、現実的で、いま、ここの感受性に訴えて、それが耳とか目とか鼻とか脳とかの器官を超えた、心と直結している琴線としての身体となることを通して、内面と内面を繋ぐものとなっていくことを希求する。詩は、光や風、悲しみや痛みのように身体的感受性や心では強く感じていても、それが社会的なコミュニケーションの言葉では言い表すことができないことを言葉で顕現化しようとする。それが驚きと啓示の衝撃を伴うのである。それが言葉を用いながら、言葉を超えた詩の言語であるだろう。

詩は内面に深く埋もれたままの記憶をそのまま呼び覚ます。何の解釈もなしに。日常世界での生活の中で、存在の根源的な相への回路を開く。隠された感情や不可視のままに埋もれていた心的風景の記憶がその回路を通して蘇るのである。啓示とは記憶の、心の痕跡の一瞬の蘇りである。

ここで身体的感受性というのは心・内面の表皮とでもいうべき心のアンテナである。ユーモアやアイロニー、リズムなどレトリックを援用する場合でも、それらは個々の身体的器官の能力を超えて、身体全体がアンテナとなった直接的な通路を通して心に到達する。詩を読むと音楽が聞こえてきたり、色や匂いや手触りや風景が彷彿として浮かび上がるのは、言葉によって身体的感覚を通して喚起されたものがその源泉である感性を総動員されるからであり、そのことによって他者の感覚器官ではなく内面、つまり他者の心の奥深い領域に達するからで、その回路でなければ、他者の内面を顕現化することはできないだろう。詩とは他者の感性と想像力を総動員させる力であり、それが詩の魅力であるだろう。読者は振動が伝わるように全身を刺激され、自分でも知らなかった内面、そこに隠してあった秘密、そこに貯蔵されていた、見えなかった真実へと誘導されて啓示の一瞬を味わうことができる。詩が触発するのは他者の記憶の蘇生の回路なのだ。

詩は見えないものを見えるものにするというよりは、また、見えるものを感受する感覚によって受け止められるようにするというよりは、直接心に到達する詩特有の、独自の道を作るのだ。そして、人が普通に見ているものはそれ自体で存在するのではなく、そこに隠されたもの、その水面下に存在するものの世界を暗示し、人生の真相を示唆する認識へと誘うのである。だからこそ人は詩に深く触発されたとき、これまでの現実が異なったものに感じるのだし、現実が突如変貌する経験を持つのだ。

目や耳などの感覚器官では感受できなかったもの、論理的思考では認識できなかったもの、コミュニケーションの言葉では伝達できなかったものの顕現化を試みる詩表現は、沈黙に最も近いところへの接近を常に諮っているのである。詩は沈黙への道行きなのである。詩は言語だけではなく反言語芸術でもある。

沈黙は言葉を拒否し、表現されることを拒絶するが、空洞ではない。沈黙という究極的に言葉と表現を否定した場所、他者による、外部のすべての手段を寄せつけない、いわば表現の対極に位置する領域は、空白でもなく、また意味を内包していないのではない。むしろそこに内包される意味こそが沈黙という領域を作っているのだ。沈黙は非在なのではなく、それ自体が自らの存在を主張するのである。

西欧現代詩の出発点である十九世紀のロマン派の想像力は沈黙を物事の根源であり終着点、本質だと考えた。現実を超越したすべての存在の統一的本質であると。ロマン主義者でなくとも詩人ならば、物事の、そして生命と生の実存の根源は沈黙という、さまざまな記号と意味づけに覆われた現実の殻を破って、ゼロ領域に至り着かなければ、存在の根源を認識することはできないことを知っているだろう。現実の幕に幾重にも覆われて不可視になってしまっている真実、存在の核へ至り着こうと現実の覆いを一つずつ、自らの皮膚を剝がしていくようにめくっていくと、沈黙にたどり着く。沈黙とは物事の真髄であり、存在の本源であり、自らの本質であるところの「内面」の「ゼロ地点」なのだ。人はその「神の沈黙」に遭遇してやっと自らの内面を発見するのである。そのときから、それまで語ることのなかった、探っても行き着かなかった内面との葛藤が始まるのである。内面という沈黙領域が、手ごわいが、確かな存在感を顕示していることを知るのである。

　内面と表現の到達点としての「ゼロ地点」は、始まりでもあるが終わりでもある。時間と空間と、自己＝個という特殊性に縛られた詩人の実在は混乱し、混沌の中に放り出されている。詩は、その混沌に形を与えようとする欲求に突き動かされる。しかしそれは同時に時間と歴史の現実性の中にある実在を、無時間の普遍と永遠に向けて原型化し、混沌から一つの宇宙の形へと吸収させる、あるいはその中に収めることへと向かうのだ。それが神話化である。神話と歴史、フィクションと現実の記録、個人と普遍、時間と無時間は常に拮抗し合い、互いに抵抗しながら、反復し、また新たな始まりを作っていく。生と死、季節のめぐり、創造の始まりの復元、詩の形で言えば、物語詩を希求する詩的想像力と短詩の想像力の拮抗と言うこともできるのかもしれない。しかしそのどちらも入口は異なってもゼロ地点への到達の過程で、重なり合う想像力と感性を内包しているのが、詩表現の領域なのだと言える。詩表現のテーマやモチーフは多様で、性を楽しみ、食を喜び、死を恐れ、死者を悼み、そのような愛と別れの哀しみ、生きる現実のあらゆる営み、エリアーデ流に言えば、俗なるもののすべて、つまり汚れや猥雑、卑猥な、反理性的な命の日常的営みのすべてを出発点としているが、同時に、原初的なるものへの回帰、永遠に向かって時間性と個別性からの脱却への希求を内包している。詩表現の到達するゼロ地点、沈黙は、真っ白な究極的無でもあり、すべてを内包する真っ黒な闇でもある。

現代詩は、東洋思想の影響の色濃いロマン主義的な永劫回帰のゼロ地点への回帰と反復から、時代、時間への自己存在の投企、つまり、一回性の、固有の自己存在への闇の中への消滅、闇からの復元を目指し、各々が自分で考え、構築する宇宙の中心に実在を据えることを可能にしようとする。歴史と時間の中の表現から始まり、その一回性の生の表現へコミットする中に実存の相を求めようとする。

そこには、第一次世界大戦、ロシア革命、第二次世界大戦をはじめとする大きな惨事の経験による断絶、文明の構造、価値観、関係の崩壊を経験した世界の混沌に向き合う不安と恐怖、その変容と分断、崩壊を生き残ったものと滅びたものの苦悩への対応を、文化、そして個人の心や内面がうまく折り合いがつけられない、つまり、言語化できずに心と日常、文化の深層に埋められたままになっている「惨事のあと」、トラウマの原景の隠蔽と不可視化を原点とする表現、その原動力となる感性と想像力が、現代詩の出発点であると言えるだろう。闇に葬られたまま無に消えていく内面の復元、表現は、異邦人やはぐれもの、マイノリティの意識を持つ詩人の表現でもあり、マイノリティであり続けた女性表現が戦後詩を彩り、新しい現代詩の領域を開き、多くの優れた作品を生み出してきたのである。

詩の領域も詩の魅力も、詩でなければ表現できないもの、という一言に尽きるだろうが、詩表現は、詩人という個人の、生の実在の領域でもあり、究極的に不可視ではあっても、他者の実在が、他者の存在意識が確かに立ち上がる一瞬を与えてくれるところだと言えるだろう。内面の最も深いところ、つまり日常的な身体感覚と論理的な思考だけでは到達できない、内面－深層領域の沈黙へ接近していくところである。そこへ至る旅で啓示を受ける瞬間の心と身体の慄きこそが詩が与える認識の喜びであり、詩を読む魅力であり、それを共有することが詩の持つ魅力であるだろう。

詩の言葉と表現が社会現実の表面、意識の表層には現れない存在の意味を求めて、そこへ近づくように読者を誘うならば、詩表現は社会制度的な現実や価値観に対する批判行為であり、本来的に政治的、アナーキーな破壊行為を包括している。

このように詩表現は一方では論理的、理性的思考ではなく、感性と想像力に依拠して存在の沈黙領域を志向するが、同時に他方ではその同じ志向が、大胆で、実験的、鋭利でアイロニーを駆使する、知的な、現実批判の前衛表現を生み出す。この一見相反する営為は、特に現代詩に最も顕著な特徴として、二十世紀現代詩の存在意義を形作っている。自己破壊を辞さない感性の言葉による内面の掘り起こしと、前衛的批判表現の共存、それが詩が啓示＝認識へ導く力を発揮する領域であり、その道程に誘い入れられて、詩人の道連れになることが詩の魅惑であり、魅力であると思う。

詩の領域は常にその幅を広げて他の表現ジャンルとの境を超えていくが、詩の魅力は変わらない。

本書に収めたエッセイは二〇一七年までの数年間に書いてきたもので、出版に当たって少し手を入れたものも含んでいる。テーマに沿って作品を読むことで、作品の現在性、詩人の日常、現象、時間への身体的な感覚を通しての作詩、表現へのアプローチを考えたエッセイ群である。もとより研究論文ではないので、これからもさらに読む、見る、聞く等の経験と思考を深めていく中で、詩の魅力と詩の領域について考え続けたいと思っている。

*

食べる——石垣りん

食べることは厄介である。食べなければ病気になったり、餓死するから、生きるために食べる、と言うと単純なように思えるが、心の調子によって食べられなくなったり、食べ過ぎたりする。

生きるために食べる、身体にいいものを食べるのだから、食べることは本来うれしく、楽しく、快感をもたらすはずである。しかし人には好き嫌いがあり、好きなものだけを食べたがる。それ以上に、もっとおいしいものを、もっと手のこんだ上等なものを食べたがる。

生きるためではなく、もっと幸せになるために食べる。仲間とコミュニケーションを持つために、他人をもてなすために、交渉を有利にするために、ステータスを示すために食べる。

人は食べ、食べさせるために働く。自分だけではなく、客や友人、家族に食べさせる、一族郎党や民族や国民に食べさせるために働く。食べることは社会の仕組みそのものだ。食料の調達は社会と国家、今では地球にとっての課題だ。食べさせることは権力でもある。食べ尽くされる地球。地球の反乱とは、食べ物を作らない地球、体に悪い食べ物しか作らない地球となることだ。

お金がないと食べ物は手に入らない。食べ物を買わなければならないように近代社会はできている。自給自足社会はすでに遠い昔のことだ。サラリーマンの収入の中から絶対に出費が必要なのは食費である。人は食べるために働き、誰かに食べさせてもらうと借りができるというのは昔から変わらない。親のすねをいつまでもかじっている子供はパラサイトと言われる。食費を倹約している人、食べ物を漁っているホームレスの人たちもいる。世界を見れば食糧難の国、地域、階層は実に多い。貧困とはまず食べることに困ることとなのだ。

一方、日本では食べ物が氾濫している。レストランも喫茶店もデパートもファストフードの店もスーパーマーケットも、コンビニも食べ物を売っている。お弁当屋も屋台もある。過剰に供給されている。食べ物のゴミが山のように出たりもしている。食べ物を手に入れるのは簡単になり、食事は家庭で、あるいは自分で作らなくても、容易にできるようになった。

いつでも食べられ、単に食べるだけでは満足しなくなった人たちは、さらにおいしいもの、珍しいもの、高級なもの、健康や美容によいものを求める。食べ物を売る側にとっても、食べ物があれば売れた時代から、おいしいもの、健康にいいものでなければ売れないようになり、さらに食べることによって感動を与えることが目標になってもいる。食料品製造業者に加えて多くの料理雑誌、テレビ番組、料理教室、料理家、批評家、栄養学者、食器作家、そして、観光業者と、食べることをめぐって、人々が職業や仕事を作り、社会が回っていく。

食べ過ぎで肥満になったり、手当たり次第食べて栄養が偏ったりもする。食べ物が氾濫しているが、健康と美容のためにあまりある食べ物も食べられない。ダイエットする人間たちも増えている。健康や美容によいものを選んで食べる人、安全な食べ物しか食べない人、洗練されたおいしさを求める人、食器や雰囲気、サービスやマナーなどにこだわる人などは、生活に余裕があり、食べることを文化として考えることのできる心の余裕のある人たちとされ、食べることは金持ちや教養のある階層を作っていく。貧困とはエンゲル係数が高く、食べることを文化として考える余裕のない状態のことだ。

どんな人でも食べると元気が出て気分がよくなるが、食べないとお腹がすくだけではなく気分が悪くなる、病気になる、死ぬという事実は変わらないので、人は毎日食べ、それは生命を保つために食欲という本能が働く。しかし食べることは身体的な欲求だけではなく、心の状態、不幸にも深く関わっている。不幸だと食べられなくなるし、食べてもおいしくない。身体と心のバランスが崩れると、食べる／食べないに真っ先に影響を及ぼす。食べる、食べないは心に関係し、精神や心理に関わる内面的な行為となる。食べることは心による行為、つまり、文化なのだ。食べることも食べないことも文化。本能も文化なのだ。

文化と言えば、食べることには、食べ方という面倒なものもつきまとっている。箸の持ち方、いただきますと、ごちそうさま、などなど、幼い頃から、人は食べることは文化だということを教えられながら食べてきたのである。食べ方によって育ちがわかるとよく昔の人は言っていた。それぞれの家族や階層や社会、民族や国に特有の食べる文化ができていて、そこにうまく順応しないと異文化摩擦を引き起こす。食べることは人間関係でもある。食べることが厄介なのはそれが文化でもあるからだ。生き物は食べなければ生きていけないが、食べることが精神や心理や願望という人間の心や内面、家族や性別や階層など社会関係と役割を巻き込む文化となっているのである。

人は毎日当たり前のように朝、昼、晩と食べる。お腹のすき具合に関係なく社会が働く人の食べ方をコントロールしている。学校も、会社も、朝ご飯は家で食べ、昼食の時間を休みにし、夕食は会社を出てからとることを前提に働き方を定めている。食べないと生きていかれないから、食べるために働くという原理を実際の社会のシステムに入れ込むためには、社会は食べることをシステム化しなければならない。

子供たちを育てている間は、食事を作り食べることは生活の中心だった。食料品の買い出し、料理、そして後片づけ。毎日はその繰り返しで、それは一回抜かすことも、時間をずらすこともできない、待ったなしの営みだ。ごく日常的で当たり前の、しかし、それなしには今存在していることの理由がなくなってしまう、生活の基本である。栄養のバランスも、汚染されていない食料品の選択も、すべてはこの前提の上でのことだった。

一時期、我が家でもおいしい物でも食べに行こうか、というのが決まり文句だったが、それは家で食べているのはおいしくないということではなく、「おいしい物」をよそに食べに行くのは、生活のための必要な行為から外れた、息抜き、贅沢や楽しみ、非日常的な遊びの意味合いがあった。

夫が病気になって、食べ物を作り、食べさせることがまた最重要課題となった。本を山ほど買い込み、医者や栄養士や友人たちのアドヴァイスを求め、自然食や専門の食料品店を探し、毎日食べることをめぐって一喜一憂し、時間と心を奪われた。食物を受つけなくなった身体は、生きる精神を衰退させてしまうのだった。医者よりも管理栄養士とのやり取りが多かった。

夫が亡くなって二年経った今、食べることはまた一つ新しい厄介な課題となった。おいしい物を食べてもつまらない。料理してもやりがいがない。食べること自体が味気なく、意味のないことのように思われる。身体にいいものも、食べたいものも、作ったり食べたりする行為の根拠が曖昧になってしまっているので、どうでもよくなっている。食べることは厄介なことなのだ。

アメリカで暮らしていた頃、肉を食べないというベジタリアンの友人や知人がまわりに多くいた。それもまた文化的な現象で、中でも若い人たちに、生き物を殺して食べるという文化に嫌悪を感じる人が多くなったことがある。健康ブームに加え、親世代が当たり前のように、たとえば、牛を一頭買って大きな冷凍庫に一年分の食用肉として貯蔵するといった肉食文化に対して反発を感じる気持ちもあるのだろう。アメリカ人でなくても成長する過程で一度はそのような、生き物を食べることへの違和感や疑問を持つ若者は多いのではないだろうか。生きているエビを料理するところを見た孫の一人が、決してそれを食べなかったことがあった。

生き物を食べないということが嫌悪感だけではなく、生き方、価値観、思想、宗教になる一方で、地球という環境の保全が課題となった二十世紀の後半から地球の生態系を保っているのが食べ、食べられる生き物たち、繁殖と死の循環を助ける生命体であることが新たな価値観を育て、教育にも取り入れられるようになった。しかし、最近でも肉や魚を食べることへの抵抗が減っているとは思えない。人間も食べ、食べられて生きる生命体の一つであることを自覚しても、生態系を壊すのが人間の食文化でもあるのだから、やはり食べる文化が厄介なことには変わりない。

シジミ

夜中に目をさました。
ゆうべ買ったシジミたちが
台所のすみで
口をあけて生きていた。

「夜が明けたら
ドレモコレモ
ミンナクッテヤル」

鬼ババの笑いを
私は笑った。
それから先は
うっすら口をあけて

寝るよりほかに私の夜はなかった。

（石垣りん『表札など』思潮社、一九六八年）

なんというすごい詩だろう。

翌朝のみそ汁のための砂抜きに水に浸けておくシジミは、人が寝静まった頃にはうっすら貝を開いてぶつぶつ音を出している。静まり返った台所ではその音がことさらはっきりと聞こえる。それは、小さなシジミも生き物で、生きている証。そんな情景は台所では見慣れたものだ。買ってきたシジミが一晩生きていても、翌朝食べることに躊躇も、ましてやシジミに同情もしない。それは当たり前のことなのだ。死んでいたらかえって危ない。

しかし、ことさらに聞こえるシジミの呼吸音が、シジミが生きている証だけではなく、食べられるもの、そして食べるものに対して何らかのもの申し立てであるように一瞬受け止めるのが、このくせ者詩人の感性なのである。

食べられるのを待っているという状況はヘンゼルとグレーテルならずとも、死の危機に面した人質や死刑囚の状況であるし、サルトルは執行猶予の宙ぶらりんの状態こそが生きるという実存状況なのだと言い、カフカは理由はわからないのに死刑を言い渡され、処刑されることを待つだけの実存の不条理を書き続けた。シジミにとってこの一晩は不条理な自己存在を「思考」する時なのだ。

石垣りんのこの詩がすごいのは、それがシジミであることだ。シジミとそれを食べる詩人が同じ存在としてとらえられる感性だ。何となくおかしく、滑稽でもある。生き物が共有する宿命と食べる／食べられる文化を一瞬にして考えさせる情景なのである。

シジミだって、やがて食べられる逃れられない運命にぶつくさ言いたいだろうし、その不条理を感じ取っているのは、他ならぬシジミを食う鬼ババの主婦＝詩人なのだ。

少し脇にそれるが、異類婚の伝承の中で、私は鶴の恩返しのような美女の話よりも、蛤女房の話のほうが好きである。日本の異類婚話にはバカ正直なだけで他に取り柄のない、うだつの上がらない男が、神様からのご褒美としてすばらしい女房をもらうという話が多いが、見事な織物を織り、自分の身を削って夫を金持ちにする女房の話よりも、自分の身体を洗って夫においしい汁を食べさせる蛤女房の話のほうが発想が面白い。

決して見ないという約束を破ってこっそり覗き見をしたら、蛤がごしごし身体を洗っていたなんて、男のほうもびっくりしたに違いない、その情景を思い浮かべると笑ってしまうのである。いい女房は美人ばかりとは限らないのだ。

石垣りんのシジミとそれを食う鬼ババ主婦＝詩人の関係は、蛤女房と馬鹿男のそれとは違うが、鶴も蛤女房も自分の身体を呈して相手を生かしめようとするのだから、意識的にそれをするかしないかの違いで、食べ、食べられて相手を生かし合うことにおいては根本はあまり違わないようにも思える。シジミだって、何のいいこともしていない、ただ生きようとして懸命な主婦への神様からの贈り物なのだ。

シジミを食ってやるというその彼女もまた、同じ夜をシジミと同じく口をうっすら開けて寝る存在、食べられるのを待つ、つまりいつ来るかわからぬ死を待つ生き物である。何かつぶやいたり、よだれを垂らしたりして寝ている姿は滑稽でもあり、また、シジミに感じるのと同じ哀れみを感じさせる存在である。

食べることをしながら生きる生き物について、こんなに意地悪く、おかしく、みじめったらしくも哀れに描いた詩はほかに知らない。シジミという一つ一つがあまり大切に扱われない小さな貝、うっすらと口を開いて、ぶつぶつ音を出して、生きている証拠を示している姿とそれを食べる寝姿が重ね合わされているところが鋭く滑稽で、生命や実存を語るにはあまりにも日常的な台所の風景にそれが課せられているのが、憎いほど巧みである。何ともおかしく、グロテスクで、冴えない台所の夜中の情景が、人間とシジミという小さな生き物の実存を、生きることの哀れで残酷なさまを現わす情景として、詩のタブローに収められているのである。

このように短い一篇の詩で食べることと食べられること、日常の当たり前の営みに隠れた生と死の認識を一瞬の啓示として示す鬼ババ詩人もまた、同じ食べ、食べられる生き物なのだ。シジミを明日は火にかけて食べる主婦と同じように、詩人もやがて鬼の料理人＝死によって火にあぶられて食べられるのだ。

鬼の食事

泣いていた者も目をあげた。
泣かないでいた者も目を据えた。

ひらかれた扉の奥で
火は

矩形にしなだれ落ちる
一瞬の火花だった。

行年四十三才
男子。

お待たせいたしました、
と言った。

火の消えた暗闇の奥から
おんぼうが出てきて
火照る白い骨をひろげた。

たしかにみんな、
待っていたのだ。

会葬者は物を食う手つきで
箸を取り上げた。

礼装していなければ
格好のつくことではなかった。

（『表札など』）

焼き場では肉体が火にあぶられて燃え尽きるのを会葬者は待つ。それは肉が焼かれて食べ尽くされ、やがて骨だけが残る食事の行為と同じようなことだと詩人は感じている。皆泣きながら、悲しみながらも、箸を持って骨を摘み、骨壺へ収める。まるで食事の後片づけのように、残った骨を見えないところにしまって、死の儀式が終わる。

食べるものは鬼、食べられるものも鬼として生命あるものを食べて生きてきた。葬式はその後始末である。生も死も司るのは鬼。他の生命を食べて生きるものの生の顚末を礼装して儀式化する人間の生き／死にの文化、食べる文化を、これほど滑稽でグロテスクな感性で描いた詩もまた少ない。

石垣りんは食べることと同時に排泄することについても、人間が働き、食べ、家族と生きることの根幹として考えさせる詩を書いている。戦後の生活難の時代に、家族を養うために働き続け、日常生活のこまごまとした営みもこなして、きちんと生きた人と聞いている。穏やかな風貌とやさしい少女のような声からは想像もつかない、物事の本質を見極める目と、鋭く皮肉な観察力、そしてブラックユーモアたっぷりの詩的想像力で、生活の日常の合間に顔を見せる人間存在の本質を、独自な、恐ろしいほど心を打ち震えさせる詩の世界に展開している。

童謡

お父さんが死んだら
顔に白い布をかけた。

出来あがった食事の支度に

白いふきんがかけられるように。

みんなが泣くから
はあん、お父さんの味はまずいんだな
涙がこぼれるほどたまらないのだな
と、わかった。

いまにお母さんも死んだら
白い布をかけてやろう
それは僕たちが食べなければならない
三度のごはんみたいなものだ。

そこで僕が死ぬ日には
僕はもっと上手に死ぬんだ
白い布の下の

上等な料理のように、さ。

魚や　鶏や　獣は
あんなにおいしいおいしい死にかたをする。

（『表札など』）

記憶——清岡卓行『一瞬』

記憶として残ること、そして記憶が蘇ることは脳の働きとして説明できるだろう。しかしその衝撃を説明することは科学の言葉ではできないだろう。人は記憶にとどめる瞬間を確かめることはできないが、それは何らかの衝撃を与えたからこそ心に残っている。記憶の蘇りも衝撃を伴う。それは一瞬の出来事で、不意打ちであり、だからこそ、記憶の蘇りはたしかな衝撃の瞬間である。その衝撃を通して蘇ったのが記憶の中に鎮められた感慨や感情であったことを人は知るのだ。事実や体験が蘇るわけではない。衝撃を再度経験する衝撃、それが記憶の本質であり、その蘇りは日常の時間の中の出来事でありながら、日常の言葉では説明することの困難な衝撃である。そのある一瞬を表現できるのが詩。他者の衝撃が自分のことのような衝撃を伴って意識と身体感覚として再現される。それが詩の魅力である。

日常の、ごく普通の経験の中で突然訪れるその一瞬を清岡卓行は見事に表現している。『一瞬』と題された詩集に「春の夜の暗い坂を」という詩がある。

春の夜の暗い坂を

春の夜の暗い坂を
あらためて長く感じながら降りはじめると
坂の下の
豪邸が消えたあとの空地を隔てて
明るく高く
無人のプラットフォームが浮かんで見えた。
郊外の小さな終着駅。

車輪の響きをしだいに静かにさせながら
四輛連結の電車が入ってくる。
乗客用の扉から現われた人たちは
改札の南口か北口へ。
両端の扉からは
運転手と車掌が現われ
向かいあって歩き　やがてすれちがう。
連結車体はそのままで
先頭を後尾に
後尾を先頭に変身させるためである。

プラットフォームがまた無人となり
が空きとなった電車の客席が
ひときわ明るい。

駅の向こう側は自然公園。
そのなかの斜面の小高いところに立つ
数本の桜の木が
不気味にも見える闇に囲まれ
咲きはじめたばかりの花の白さを
ほのかにも浮かびあがらせている。

郊外の小さな始発駅。

そうだ
なにかの夢が誘われている。

わたしは坂をほとんど降りたころ
日常の生活から
遠く遥かに飛び去りたいという衝動を

微かながらまったく久しぶりに覚えた。
そしてふと思いだした
少年の日に
こわごわと描いた世界への放浪を。
青年の日に
寝床のなかで憧れた怒りの自死を。

わたしは駅のすぐ傍らに立っている
中年からの古い友
ひなびた郵便箱にゆっくり近づいた。
そして　世界にも通じている
その岩乗な口のなかに
わたしはいましがたけぶった
未熟な過去の記憶二つと
きのうわたしを訪問してくれた

若い後輩へのお礼の手紙一通を
いっしょにして
ぽとりと落とした。

（『一瞬』思潮社、二〇〇二年）

プルーストは記憶を蘇らすものに匂いと味という、目に見えず、触れることもできない、そして長くとどまることのない身体的感覚を触媒とした。ヘンリー・ジェイムスはメロンの一匙という匂いと味に加えて銀のスプーン、そして朝の静かな食卓の雰囲気、とまるで総合芸術のような場、心の場を用意する。清岡卓行の場合は、夜手紙を郵便箱に入れに行く、歩き慣れた坂道を降りていく途中に見た一こまの風景、人気がなく灯りだけがともった駅のホームの風景だ。

長い時間が経てばそれだけ衝撃も薄れるかというとかならずしもそうではなく、長い時間記憶の奥に埋もれていたからこそ、蘇りの衝撃が強い場合が多い。衝撃を与えた経験の具体性は薄れて、衝撃だけが蘇るのである。「一瞬」も過去の出来事については触れないが、そのときの感動や感慨がまるでトラウマのように心の奥に痕跡を残したからこそ、衝撃を伴って鮮明に蘇るのだ。

衝撃と言っても、それは苦しみや痛みのような具体的な経験に裏打ちされたもののほかに、喜びや悲しみ、不安のように漠然とした高揚感や沈滞感、危機感のような心の状態の蘇りもある。清岡の「一瞬」は、少年や青年のときの閉塞感や怒りであっても、それこそが青春の感覚、あるいは生きる活力に満ちていた頃の心のエネルギーの持つ張りや躍動感の蘇りであり、それは生きているという存在の感覚としか言いようがないだろう。いつの間にか老いていく時間の中で感じることがなくなっていた日常での一瞬の蘇りは、老いの現実の悲しみ、躍動感を失って生きている日常の中で持ち続けた漠然とした郷愁、憂愁を鮮明に感じる瞬間となっている。

記憶の蘇りによる衝撃は一瞬の鮮明な現実感、現在という時間の中の存在感覚がもたらす強烈な実存感覚の衝撃なのだ。自己の存在意識や存在感覚は一瞬の強い衝撃を伴ってしか感じられないものなのだと思う。それは常に現在という移ろう時間の瞬時の感覚でもある。それは衝撃を与えた記憶と結びついてしか感じることができないものなのだろうか。

ボードレールやポオの存在と意識の中で展開される現在性／モダニズムの美学と想像力では、現在性と過去／記憶は対立している。過去を否定し、失い、忘れて、現在を過去から差異化して初めて、過去が反復して蘇らない現在であることの感覚が存在する。現在の感覚こそが、今生きているという、束の間の生の実感を与える。それは、歴史や過去、記憶を媒介しない、直接的な存在の意識として感受され、感性や想像力の凝縮した瞬間の、内面的な時間感覚なのである。モダニズムの端緒を開いたボードレールやポオの美学と想像力では、現在性は常に過去を呼び戻す。深層は常に薄い膜一枚で塞がれた溝や淵からいつでも出没する。それが存在意識に危機をもたらし、その不安が狂気を引き起こす。深層は亡霊の棲む地獄であり、自己を仕留めにくる悪鬼、地獄の死者なのだ。

「一瞬」は、しかし、過去の衝撃の蘇りとともに、一瞬の現在性の感受をもたらし、対立する過去と現在の一瞬の統合という衝撃の中で、可能となる感覚であることを示している。詩人が思い出したのは具体的な出来事ではなく、夢を抱いていた頃の、あの戦きのような、生きること、あるいは生きていることの実感、存在意識なのである。その生きる現在性の実感を詩人は美の感覚の蘇りと同義語と感じ、蘇る瞬間の衝撃を目眩と呼ぶ。

ある眩暈《くるめき》

それが美
であると意識するまえの
かすかな驚きが好きだ。
風景だろうと
音楽だろうと
はたまた人間の素顔だろうと
初めて接した敵が美
であると意識するまえの
ひそかな戦《おのの》きが好きだ。
やがては自分が無残に
敗れる兆しか。
それともそこから必死に

逃れる兆しか。
それほど孤独でおろかな
それほど神秘でほのかな
眩暈《くるめき》が好きだ。

（『一瞬』）

現在性は必ず移ろうので、やがてその美の感覚も孤独のみを後に残して消えていく。現在性とは「あと」「さき」の実感でもあるのだ。では、現在性の感覚、自己の存在感は、未来とはどのように関係しているのだろうか。不安、危機感と結びついている現在感覚や存在意識は、未来の不確実性という時間感覚と切り離せないだろう。

しかし、未来への想像力から差異化されなければ、現在という存在感、モダニティという美感覚は、たちまち宗教や輪廻、永劫回帰の想像力の手中に取り込まれてしまうだろう。詩の持つ無償性は一瞬に賭ける想像力と感性に最も鮮明に表されるが、それが詩でしか味わうことのできない魅力の源なのだと思う。

だがその「一瞬」はなかなか訪れない。

詩と動物——白石かずこ

猿たち

わたしたち　人間にならなくても
いいの　シッポがあってもいいのよ
べつに　べつに
神にも　哲学にも　ならなくて
よいことよ
わたしたち　愛しあう
それだけで　充分よ
と　猿たち　シェーク　シェーク

体をゆさぶり　踊りながら
愛について　シッポとシッポで
話しあいました
なのに　人間の男と女は　今日も
シッポがないばかりに
愛がみえない　信じられないわ
といって　不信の霧の中
魂をうつろに　さまよわせているのです

（『動物詩集』サンリオ山梨シルクセンター、一九七〇年）

白石かずこは、「動物詩」を多く書いている。それらは動物に関する詩でもなく、動物をメタフォアとして使う風刺詩でもなく、動物論でもなく、それらのすべてを包括している。それらの詩はまとめられて「動物詩」として一冊になっているが、この言葉では特徴もテーマも説明にならない。いずれにせよ白石は動物詩をたくさん書き、一貫した思想がそれらの作品を貫いていることは明らかなのである。動物が喋るペルソナでもあり、観察される客体でもあり、意味を背負わされたメタフォアでもある。動物のいる表現空間は、確かに人間の世界とは別の存在空間であることを読者は感じる。

現代詩において動物が描かれるときは、メタフォアとしてであることが多い。絵画では、動物を実に多く描き、重要なテーマとしてきたし、絵本の世界では、むしろ主役である。しかし、現代詩では、動物が語られる客体であることはあっても、動物を描くことがテーマとなることが少ない。それは動物が自らを語らないからだ。メタフォアとして用いるには、自らを自らの言葉で語らないものであることがいいという側面もある。

動物には人間とコミュニケーションする言葉がない。絵本の世界では『ドリトル先生』のように動物の言葉がわかる人物が描かれ、動物の気持ちや考えていることを人間の言葉で表現しても通用するのだ。

絵画における動物はもちろん人間に対して言葉を発しないが、彼らはそこにいることで、人間と言葉で交流しなくても、圧倒的な存在感があり、それが画家の心を動かすだろう。その風貌の威厳や美しさは、生命を持つものの、意味を超越した存在感がある。言葉を発しない彼らは神のように他者なのだ。

動物と文学表現の関係と言えばすぐにイソップ物語を想起するが、イソップの動物はアレゴリーとして機能していることで一貫している。人間の目から見た人間の姿を動物に託して作者が表現しているのだ。夏目漱石の猫は話す猫であるが、この「我輩」もまた、猫の目から見た人間という表現上の戦略である。つまり、動物を描いているわけでも、動物が主人公でもない。猫は仮面を被った作者である。エドガー・アラン・ポオの「黒猫」は漱石の猫とは違って社会の中には住んでいない、異世界からの使者である。ポオに影響を受けた芥川龍之介の河童、そして現代文学に衝撃を与えた、カフカの『変身』など、作家の表現世界で重要な役割を果たす動物は多いが、そのほとんどが小説の世界である。

詩における動物と言うと、私はまずウイリアム・ブレイクの「虎」とエドガー・アラン・ポオの「大鴉」を想起する。日本の詩の中では萩原朔太郎、そして草野心平がいる。

Tyger Tyger burning bright,
In the forests of the night;

（「The Tyger」）

森という人間の領域ではないところに住むこの虎は、その暗闇で燃える目の圧倒的な美しさと生命の持つ野性の力、根源的な凶暴さを合わせ持ち、読者の心を震撼させる。この虎はどこか吉原幸子の森の中の野獣を連想させる。

くらい森

燃える
流れる
揺れる
消える
さうして　わたしは　死んだ
けものたちの　叫びも　叫びも
わたしの　傷　傷
わたしにのこされた　この失語症

髪の影をふんで　けものたち
やさしい夜を
白いはだしを
うたふことさへ　ゆるされはしない
だまった森
木々を縫ふ　闇はわたしだ

具象《かたち》はない
イマージュ
イマージュ
耳のない　けものたち
死んでゆく夜の
ああ大きな赤い月　月

（『幼年連禱』）

わたしは傷つき、その傷の痕跡――失語症――が残される。このけものが奪ったものの欠落＝傷としての失語症が詩表現の原点となる。この野獣も森に棲み、人の住む町には棲まない。町が掟を守って自衛した結果、境界線を引いて設けられた「森」という危険領域に生き続ける野生のいのちだろう。ブレイクの「虎」と同じように、そこで少女は傷つき、その「経験」によって「無垢」を失う。経験は認識へ導くが、そこに消えない傷跡を残す。

エドガー・アラン・ポオの「大鴉」は、忘却の国から訪れる不気味な幻の鳥で、主人公の意識の底に住み着き、生を超えた彼方へと誘い、失われたものへの哀愁と恐怖を永遠にその魂に呼び起こし続ける。生の彼方の領域は、死でもあり過去でもあるが、詩人の深層領域と繋がっていて、夜の暗闇は、意識の底に埋められた忘却の領域のメタフォアでもあるだろう。大鴉はその領域からの使者、ペルソナをそこへ誘う誘惑者のシンボルなのである。萩原朔太郎は、ポオから大きな影響を受けているが、『月に吠える』の犬、そして『青猫』の猫は、詩人の内面を表徴する存在で、不安と死への恐怖のメタフォアでもある。

大鴉は、イギリス詩人のテッド・ヒューズの狐や鷹を想起させる。ヒューズの動物も、意識の古層から呼び出されてくる、生き物の根源としての意識であり、あの世、死者へと繋ぐ意識と感性のシンボルである。動物たちは何も話さないが、その存在自体が、コミュニケーションも理性での理解も拒否した、不気味で恐ろしい他者でもあることを知らせ、その世界へ引きずり込もうとする誘惑者でもある。動物や鳥は単なるメタフォアでもアレゴリーでもなく、理性では理解できず、言葉では表せない、忘却の異世界、生命の根源領域の象徴、あるいはそれを感じ取る詩人の想像力の視覚的象徴なのである。

動物や鳥の鳴き声はオノマトペ好きな日本語の詩に多くありそうだが、そうでもなさそうである。擬音はリフレインにも使える。ポオの大鴉の「nevermore」はカラスの言葉、つまり鳴き声、草野心平の「蛙」はオノマトペの代表格だ。

高橋睦郎の次の詩は、高橋の俳句、連歌の世界とも関連し合って、大変奥深く、読む者に知的刺激を与える。

新春三ッ物　酉のとし

酉のとし初鶏の初とをるもう
　闇のいづかたよりとをるくう
來ん年の戌腿長に眠るらん

（「カリヨン通り」16号、二〇一七年三月）

同じく干支の動物を使った平田俊子の羊の詩は、メタフォアとしての動物を使って風刺的な、批評表現とするという常套的な方法に一味加えて、その意味を拡張、拡散して結局はナンセンスにしてしまうユーモアの詩であるだろう。

ひつじの日

「何年生まれですか」と桑さんに訊かれた
「一九五五年です」と返事した
「干支は何ですか」

「ひつじです」
「ではわたしと同じですね
わたしは六七年生まれです」

（中略）

「知っていますか
中国ではひつじ年生まれは人前では笑い
ひとりになると泣くといわれています
わたしがまさにそうです」
桑さんは両手を目の下にあてて
えーんえーんと泣くふりをした

「わたしもそうです
人がいるところでは笑い
誰もいないところでは涙を流します」

わたしも両手を目の下にあてて
あーんあーんと泣くふりをした

（中略）

「知っていますか
日本では『ひつじ年生まれの女は
門にも立たすな』といいます
不幸を招くから近寄らせるなという意味です」
思い出したことを口にするのはやめた
空気が重たくなりそうだったから
（ひつじ年生まれは慎重）

このようにひつじの意味するものは次第にずらされていき、

「知っていますか

日本ではひつじ年生まれの人は
意地悪で嘘つきで腹黒く
ひつじ年以外の生まれの人は
さらに意地悪で嘘つきで腹黒いのです」
思いついたことを口にするのはやめた
本当のことはつまらないから
（ひつじ年生まれは賢明）

（「カリヨン通り」16号）

独特な知的なユーモアで、自己の内面とすれ違う現実、日常の現象の中での自分のありようを描く平田俊子の詩における動物は、それ自体の存在感を剝奪されていて、羊は「いい加減にしろ」とでも言いたいほどではないだろうか。それでも羊は充分に詩人の皮肉な社会通念の揶揄や詩人の人間観察に役立っているのである。

こうして見ると、白石かずこの動物詩はユニークである。動物と人間が棲み分けをして、互いの生息の領域が交わらないように領域化されていないのである。彼らは同じ場所に棲んでいる、いわば内面までもをどこかで共有する仲間同士である。人間と動物の領域が分断されていないことは、社会的な思考と野性の思考、文明的な感性と根源的な衝動などが二分されていないことでもある。人間が動物と自らを差異化して、住む領域を分け、互いに干渉し合う場面と場所を最低限に縮小して共存するという、自然、動物、人間のすみ分けによる共存は、すぐにそれらの間の力関係によってバランスを失う。人間は動物を家畜化し、ペット化して人間の生に役立たせる一方で、野生動物は人間社会から追い出して隔離することを通して、自然と動物をコントロールしようとする。

白石の動物詩の世界では、両方が同じ場所で混じり合い共存しているかのようである。人の心と動物の心もすみ分けてはいないかのように、どちらもが混ざり合っている。人間と動物は領域化して接触を希薄にすることを通して互いに生き残ろうとするのではなく、同じ場所で交じり合い共生するので、動物と人間はあたかも互いの心を理解し、思考や想像力も共有した仲間のようなのだ。人間と動物は相互交換可能な存在＝生き物で、ある時はどちらがどちらだか、思考の差異や行動の境界線が曖昧になる。次の詩は、『動物詩集』に収められている初期の詩だが、コウモリはペルソナではなく見えない主役である。ところがずっと後になって書かれた新しい動物詩集の中のキツツキは、人間と同じ生き物のようでもある。

コーモリと暗いところにいる女の子

暗いので　よく顔がみえないわ
あなたが　みえないわ
ここは　とても　暗いので
それに　あなたも
とても　暗い　暗い顔してるので
わたし　よくみえないわ
でも　わかるのョ
わたしの心臓から　赤い血が
だんだん　すくなくなっていくの
あなたの心も

あなたの顔みたいに　暗くて
暗いので　わたし　みえないわ
でも　わたし
血を吸われて　たしかに
あなたに　すこしづつ　すこしづつ
殺されていく　愛なのよ

（『動物詩集』）

キツツキ

キツツキがきてコツコツと
木の家に　穴をあけるので
男は飛びだして　おどかす
8年かけて　男は

家を　たてた
妻と2人の息子のために
そして
キツツキがきて穴をあける前に
みえないキツツキがきて
男の妻に　穴をあけた

妻は　そこから
どこかへ飛んでいき
もう二度と戻らない

キツツキがきて　コツコツ
男の木の家を　つつく

（『新動物詩集』）

白石の動物は、二〇〇〇年以後、だんだん人間やその他の生命の、死後も生きている魂や霊という象徴性を帯びてくる。中でも『ロバの貴重な涙より』（思潮社、二〇〇〇年）では、ドン・キホーテの「狂人の旅」にお供をしたロバが、白石のペルソナとともに、あるときは、ペルソナがロバに変身して、国を追われた亡命者の放浪と故郷への帰還の旅を続ける。耳も、目も、口もないロバたちは地上ではなく、宇宙を浮遊する。それは、ユーモアたっぷりな白石世界の「魂」である。

やがてユリシーズの魂を背負った動物たちは、森や洞窟という自分の本来の居場所を追われ、長い放浪の後に、大都会に現れる。そのような作品の中で、『動物詩集』の後に書かれて、詩人自身が好きだという作品に『浮遊する母、都市』（書肆山田、二〇〇三年）に収められた「なんみん、三匹のキツネが通る、ローファント通り」がある。

厳冬、コンコン　キツネ
　三匹のキツネがよぎる
　　ローファント通り
　　　ロンドン・S・W

（中略）

だが　なんみんは　いる　気づかないうちに
なんみん　に　される　パスポートってなあに？
髪の色　眼の色は　背丈　目方　内臓のいろとか　魂の値段とかい
のちの具合　すぎ去った日々ではなく　これからむかえるであろう
日々には
紙一枚　おもわくひとつで　永遠に
ふさがれる氷壁ができる

ローファント通りの　キツネたちの　今日の
弁当は　なんだろう　三匹は兄弟か
いや　わる仲間か　なぜ仲よく

（中略）

ローファント通りは　ことともなし
ステッキをもち　シルクハットの三人の紳士
ながいシッポをゆらしながら　顔みあわせ
　　　　　　　　　　　うなずけば
なんみん、
　三匹のキツネ　往く　胸をそらし
　　ローファント通り
　　　バックヤードへ
　　　　（「なんみん、三匹のキツネが通る、ローファント通り」）

狐は野生動物だが、日本ではお稲荷さんに祀られて町のあちこちに精霊として存在している。しかし、このキツネはロンドンの通りを歩いている、どこにも居場所がない「なんみん」である。人間も難民でもあり、東京には老人となって社会から見捨てられて、心があてどもなく彷徨う年老いた母がいる。母は、生まれ故郷を離れて東京に住むが、パスポートをなくしてしまったので、まさしく居場所が不確定になった「なんみん」である。貴族たちが野へ狐狩りをして遊んだイギリス大帝国の都市ロンドンも、街中を狐が歩く、あやふやな存在の浮遊する都市となり、人々は国境を越え、動物も森との境を越えて難民となり、東京も、老人たちの難民で溢れ、地球はぽっかり宇宙に浮遊している。白石は地球への鎮魂歌を書いている。ここでは動物も人間も同じ運命の「なんみん」なのだ。

白石かずこの詩世界では、動物詩とあえて呼ばれていない作品のほとんどに動物が現れているし、家畜化され、人間に使われている動物も、野生動物も、単なる風景の一部としてではなくペルソナとして登場している。言語のみに頼る現代詩では、ペルソナとして動物を登場させるのは簡単ではないが、白石かずこの表現世界にこのように動物が人間のペルソナと一緒に自由に出没するのは、白石の表現空間が、美術や物語に隣接し、ジャンルのボーダーを越えているからだろう。

近年、自然、動物、人間の関係を再構成する哲学や表現理論が思考の領域を大きく変容させてきて、文学批評も、人間中心的な考えや描き方、人間の視点を相対化しない表現に対する基本的な反論が行われている。動物論も哲学思考の中心を占める感があるほどに、デリダやドゥルーズ、ガタリをはじめ多くの哲学者や文学批評家、映像批評家によって展開されている。人間が人間たる所以は、動物や自然と区別する人間の意識を、その存在を思考するところにあるとする「新実存主義」の考え方も、科学テクノロジー、動物や脳の実態に依拠して人間の意識や感性を相対化し、個人としての存在を無化し、不可視にして、全体の中の一部分、一例外としてしまうことへの反論である。詩人の感性は、そのような思想の課題を言葉による表現への課題として先取りしてきたように思う。

心と身体――茨木のり子と谷川俊太郎

近代日本文学には食べることについての描写が少ない。新しい社会制度の進展と西欧文化との軋轢や家族の変容の中で自我の葛藤を文学表現の課題としてきた作家たちにとって、食べるという身体的で、日常的なことに文学的想像力が駆り立てられることが少なかったのだろうか。また、日本の男性作家にとっては、食事に関わることは女子供の領域であると思えていたのかもしれない。国家、社会のために学び、成功を志す男性的な行為に比べて、食べるという卑近なからだの営みは、女性的、私的で、非社会的で、それに拘るのはどこか退廃的であったのかもしれない。

食べることを描いたり、語ったりすることに無関心なのは、身体を描くことへの無関心と繋がっている。一般的に、立身出世を目指す男性は自分の身体や健康には無関心で、風呂にも入らず、髪の毛もぼうぼうで、ましてや服装には無頓着な、バンカラが多かった。食通な男などは、美を語ったり、おしゃれをしたり、見た目にこだわったり、女に関わったりすることも含めて、文弱な輩と相場が決まっていたのである。それなら、明治日本で無用者扱いをされる文学者や芸術家は食べることをテーマにしてもよかっただろうにと思うが、文学者もまた男性のジェンダー規範に縛られていたのである。

近代文学が自我や内面の葛藤や心の悩みについて掘り下げながらも身体について描いてこなかったのは、心優位／身体劣位の身体差別の思想によっていると思う。社会／国家のためにことを成し遂げることが男らしいとされる価値観への反論として「私」という一人の人間にこだわる私小説ですら、「私」の精神、心についての思想的な探求である。己の内面にこだわって、父や夫の役割や義務をないがしろにし、家族を路頭に迷わせたり、妻に生活費の工面を任せっぱなしにするのは私小説の主人公の典型である。食べることや家族を食べさせること、そして身体に心を配ることは内面の探索に比べて価値が低いのである。

「心」にこだわってきた夏目漱石が『道草』で描いた、家族を養う＝食べさせることを自分の役割と考えて、生活費の工面に苦心する主人公は、女性読者にとっては共感を覚えるが、しかし、そのあり方は家族の長としての、「闘う家長」の姿を現していて、家族や親族という家長の社会的傘下にある者たちを食べさせなければならないという男の役割の意識とコミットメント故である。漱石は食べ物へのこだわりが強かったと言われているが、作品に記述が少ないのは、食べることや身体への関心がないのではなくて、それを語ることや思想化することの無視なのだと思う。このことからも食べるという身体的な行為、そして身体へのこだわりは、ジェンダーの課題であることがわかる。

自らの「女々しさ」を謳った佐藤春夫の「秋刀魚の歌」も、敗北者としての「女々しさ」という自虐的なジェンダー表現なのだ。近代抒情詩というジャンルは「女々しい」ことを逆手に取って居直る、男らしさの価値観への反措定としての文学である。いい年をした一人前の男が、自分を振った女をいじいじと思い続けて、それを描くという、それ自体が男子一生の仕事にあたらない詩を書く者の「女々しさ」だが、それ以上に、男が一人で秋刀魚を焼いて食べているという姿が、なんとも惨めたらしく哀れなのである。ここでは食べるということだけではなく、自分で秋刀魚を焼いているということが、家庭も持たず、女中も雇えない男のわびしさを強調している。そんな男は「くたばってしまえ」と言われる世の中への反論として近代抒情詩は成立している。

一人安魚を焼いて食べる男の「女々しさ」を自虐的に謳うこの詩が、国家や社会公共領域で成功することに価値をおく「男らしさ」の文化への反論だとしても、「秋刀魚の歌」は決して精神や魂に対して身体の優位を謳っているわけではない。むしろ身体的、世俗的な価値を劣位＝女の領域と見るジェンダー表現を逆手に取って、個人の感情に拘るあり方のメタフォアとして利用する自己主張なのである。

男性作家はあまり自分の身体に文学的関心を持たないが、女の身体、その美しさや魅力については文学に不可欠なテーマとして扱ってきた。女＝身体、男＝精神という図式は文学表象に定着して、ジェンダー思想を作り上げてきたのである。したがって、身体と心の対立は男性作家より、女性作家にとってこそ、乗り越えられるべき課題だった。

身体と精神という二項対立の図式に自己をはめ込まれて、自由な生き方や自己意識を持てないできたのは女たちであった。女はまず産む性であり、男の性的な欲望の対象であり、子を育て、慈しみ、介抱する母性、自分より他者を優先する母性を本来的に持つ存在と定義されて、家庭内にその居場所を与えられてきた。女は恋人か妻か母親以外に対象にしようがない。性的欲望の対象になる女は家庭外に居場所を与えられている。結婚しない、男を愛さない、子を産み育てない女、職業を持ち、経済的に自立し、他者より自我を重んじる、思想や精神の領域で自己の存在を主張する女はすべて「女らしさ」

の規範から逸脱することになる。自らの意思で、その逸脱を選ぶ女性は、ジェンダー規範を相手に自己主張しなければならない。女性自身その規範を内面化して自己形成してきたから、それは自分自身への戦いともなった。

したがって、近代女性作家／詩人たちが、女の身体に対して精神上位を主張するのは、男性作家のそれとは異なって、ジェンダー規範の束縛からの脱却をめざしているのだ。それは自由な生き方を志向することだった。女が自由な思考や生き方を望めば、子を産むという身体的な役割規範からまず自らを解き放して、ジェンダーの枠を外した自分固有の生き方を模索しなければならなかった。

しかし、女の居場所は家庭内、それも台所だった。食べさせること、家族の身体的安寧と安全を司ることが女の役目でもあった。食べることをはじめとする身体的な営みは、女と動物の領域、自然の領域に属する営みとして、人間や男の精神的、思想的領域より劣っていると位置づけられてきたのだ。

女の役割も、個人としての生の価値もそれだけではない。近代女性作家たちは台所ではなく書斎を、そして世界という広い空間を居場所として志向したのである。

たとえば、阿木津英の有名な歌はそのことを教えてくれる。

産むならば世界を産めよものの芽の湧き立つ森のさみどりのなか

ここでは産むという身体的な行為を、精神的な行為のメタフォアに転換しているだけではなく、「世界を産」むという大きな志を持つ精神的な創造への意思を女、自己に課そうとするところに、新鮮な意気込みがある。それは「ものの芽の湧き立つ森のさみどりのなか」という、緑＝命が芽吹く自然の中での創造行為として謳われて、大自然の中で子を産む行為と同じ感動をもたらす等価な行為と位置づけているところが、清々しく、この歌に壮大さを与えている。

自然＝身体＝女という図式をこの短歌は見事に打ち破っている。子ばかり産んでいないで、世界を産んでみなさいと、子を産む女を見下しているのでも、産む性を貶めているのでもなく、産む性と記号化された女の産む力を、新たな世界を創造する力と等価にし、女の創造への意思と力を、精神の自由、生き方の自由への志として鼓舞し、かつ謳歌しているのである。女の創造力は世界も産めるのだと。女も世界を産むことでジェンダー規範から自由になろうとする。

茨木のり子の「倚りかからず」も、精神的自立の意思を、身体的な安寧と対比させて、自由と自立への志を勇気づける感動的な詩である。

倚りかからず

もはや
できあいの思想には倚りかかりたくない
もはや
できあいの宗教には倚りかかりたくない
もはや
できあいの学問には倚りかかりたくない
もはや
いかなる権威にも倚りかかりたくはない

もはや
いかなる権威にも倚りかかりたくはない
ながく生きて
心底学んだのはそれぐらい
じぶんの耳目
じぶんの二本足のみで立っていて
なに不都合のことやある

倚りかかるとすれば
それは
椅子の背もたれだけ

（『倚りかからず』筑摩書房、一九九九年）

この詩のテーマは精神と身体の対立ではなくて、精神の自立である。そして何よりも自分は自分、自分らしく生きることの表明なのである。詩人は身体的な安寧を低く見ているわけではないが、できあいの思想に依存したり、迎合したりするという精神的な依存の課題を、「倚りかかる」という日常的な身体の行為をメタフォアに用いている。倚りかかるのは椅子の背もたれぐらいにしろとは、困難な、重厚な課題を、卑近な身体的行為と等価にして語るというユーモアであり、厳しい精神の自立と椅子の背もたれのミスマッチの組み合わせが、読む人をふっと笑わせ、この重いテーマの詩に一種の軽さを与えている。

この詩は男性が書いてもおかしくはないが、茨木のり子だからこそこのミスマッチのイメージの妙が可能になったのであり、功を奏しているのだと思う。女は身体的な機能（産む身体）とその役割（育てる母性）で価値づけられてきたから、精神の自立を主張するのは、反女性的な主張、ジェンダー規範への挑戦でもあるのだ。精神的自立の主張を身体的に楽な椅子の背もたれという次元の違うメタフォアで語るのは、ジェンダーイメージのミスマッチを巧みに用いることでもある。

その意味で、この詩は単なる一般的な精神的自立の主張や自らの生き方に関する自己主張ではなく、女の精神的自立、自由な生き方の主張であり、その困難さを背景にしている。だからこそ、「ながく生きて」今それを表明したいという詩人の声が、すかっとして、女性読者の心を打つのである。

身体は自然に属し、精神は人間が自ら作り、統御する自己責任の領域であるという、身体と精神、あるいは心を、二律背反、二項対立するものと考える思考は、日本の思想に特徴的なものではなく、西欧キリスト教思想の影響があるだろう。女が身体的な条件に左右される度合いが高いのは、それだけ自然に近い存在で、精神の領域には遠い存在だからだ、と。

西欧文学では、十九世紀の自然主義文学も、その正反対の芸術至上主義文学も、キリスト教の魂重視、肉体軽視の思想への反論であった。自然主義思想は人間を身体的欲求や本能という「自然」に支配される生き物としてとらえ、社会の仕組みや文化は、その自然の欲求を達成するための人間＝生き物たちの競争によって作られていくと考えたから、食べることも、身体的欲望や愉楽の達成も、人間、社会、文化の営みの重要な目標として描くことに文学表現の根幹を置いた。

一方、十九世紀末の西欧耽美主義の作家や芸術家は、食べ物や酒と美意識を同じ感性の産物でもあり、鑑賞の対象として考えた。その一人、ウォルター・ペイターは批評は美酒鑑賞と同じ手つきで行うものだと考えた。耽美主義者たちはまさに政治世界から身を引いた「無用者」たちなのであった。といって、それは身体への関心というよりは、プロテスタント的な禁欲主義や勤労重視への反論としての快楽や美意識、耽美主義的な主張で、感性や想像力の領域での関心のほうが強かった。バッカス賛美も、禁欲主義、精神主義への反論なのだ。

精神や魂、心といった身体的感覚によって可視化できない内面領域に価値をおいて、うじうじとした自分の内的世界のことばかりを描いた私小説に最も激しく反論を示したのは三島由紀夫であり、彼の肉体重視の思想だろう。しかし、それも極端な形での反措定なのであり、身体と精神の二律背反、二項対立の思想的枠組みの中で意味を持つ主張なのだ。食べることを小説において主人公の行動の基軸の一つとして書き込んだ数少ない日本近代作家として林芙美子がいる。林芙美子は自然主義の影響を受け、貧困を文学的テーマとして自らの文学的世界を展開した。

身体と精神、心、自由意思との関係は、産む性による自己規定から自由になり、身体的機能や役割を自らの意思でコントロールしたいと志向した女性たちにとっては、近代以降は思想的にも、生き方の上でも、そして詩表現としてもますます難題となっていった。

その難題に女性自身が向き合う詩表現については後回しにして、女性詩人ではないが谷川俊太郎の最近の詩をあげたい。この詩はその近代の「難題」への一つの答えのように思えて感動を覚えた。

さようなら

私の肝臓さんよ　さようならだ
腎臓さん膵臓さんともお別れだ
私はこれから死ぬところだが
かたわらに誰もいないから
君らに挨拶する

長きにわたって私のために働いてくれたが
これでもう君らは自由だ
どこへなりと立ち去るがいい

君らと別れて私もすっかり身軽になる
魂だけのすっぴんだ

心臓さんよ　どきどきはらはら迷惑かけたな
脳髄さんよ　よしないことを考えさせた
目耳口にもちんちんさんにも苦労をかけた
みんなみんな悪く思うな
君らあっての私だったのだから

とは言うものの君ら抜きの未来は明るい
もう私は私に未練がないから
迷わずに私を忘れて
泥に溶けよう空に消えよう
言葉なきものたちの仲間になろう

（『私』思潮社、二〇〇七年）

この詩は辞世の歌である。この世にさようならを言おうとしてこんな詩ができるなんて、詩は魅力的なジャンルだ。詩以外にこの難題にこのように対峙し、巧みに、しかし平明に、そして納得のいく表現が可能な文芸表現の領域はないと思えてしまう。

身体は実に巧妙に、そして細部まで精密に設計されたシステムである。最近では内視鏡が発達して身体の内部の奥深くや細部までも見られるようになったが、これまでは身体の内部世界は人間がなかなか見ることも踏み入ることもできない暗黒領域だった。自分を作っている自分の身体の内部を見ることができない、自分が作ったと思っている精神や心に比べて、身体は何とも統御できない暗闇に包まれた、恐怖と不安の領域である。それは精神や心にとっての他者なのだ。本当は精神や心は身体の巧妙なシステム操作であるというのにである。

自分のものでありながら自由にならないばかりか、支配されている。それが身体の内部、臓器の世界である。静かな臓器と言われる肝臓や胃などは密かに病巣を育んでいって、あるとき突然すべてを破壊し、生命を終焉させる。養生や健康食や運動のすすめ、癌の早期発見が奨励されても、身体のシステム操作には到底追いつけないのだ。それでも内臓なしには「自分」は存在しないのである。

人は自分の身体は自分の所有物であるように勘違いしているが、実は生きるとはまず何よりも内臓が働いてくれることだ。内臓は自分の一部、自分と一心同体の生き物でありながら、同時に自分とは自立したもの（＝他者）でもある。

それにしても、死ぬときに別れを告げる相手が自分の内臓だなんて、なんとしゃれていて、奥深いことだろう。「わたし」が今日まであったのは内臓のおかげ。礼を言うのも別れを告げるのも自分の内臓へ。臓器が死ねば自分も死ぬが、「私」の死後、しばらくは内臓は生き続けるし、あるいはずっと生き続けるかもしれない。内臓も「私」から自由になるが、自分も内臓から解きほぐされて「身軽に」なる。身体から解きほぐされた、言葉もない、魂だけの身軽さと自由への憧憬。それも共感できる。身体は厄介だから、それなしにいられたらどんなにいいだろう。「本当の」自分だけの世界という幻想。「魂だけのすっぴん」の自分だなんて。

死ぬときに礼を言うなら自分の内臓へというのは、精神の領域については他者に謝辞を残すことはないという、茨木のり子顔負けの自負の表明でもあるだろう。もうここでは、深刻な身体と精神や心との対立や二律背反はどこかに吹っ飛び、そのような課題も思考も、すでに無意味になってしまっている。人生に別れを告げるときに、こんなに洒脱で、少々皮肉で、ユーモアに満ちた境地にいられたらいいだろうなと思わせる、すてきな辞世の歌である。

谷川さんはまだ生きて、まだこれからも書き続けていかれるだろうが、これ以上の辞世の歌が書かれるとは思えない。

痛み——高橋睦郎

どんなに精神を身体の上位に位置づけたとしても、身体的な痛みだけは精神や心を打ち砕く力を有している。痛みは直接的で、具体的で、待ったなしの身体経験であり、ごまかすことができないからだ。実際自分の身体を感じるときとは快感と痛みを感じるときだと言っても過言ではないかもしれない。快感も痛みも、身体を持つ生き物なら人間でも動物でも誰もが知っている身体の感覚でありながら、同時にそれは本人にしかわからない個々の経験でもある。「痛み」は普通名詞だが、個々の痛みを表すことができない、単なる抽象名詞なのだ。

身体的な痛みは消える。しかし痛みの記憶が残る。痛みとは記憶なのだ。身体的な痛みから、記憶となって、痛みは心の痛みへ移行する。快感もまた、痛みと同じように身体的経験であり、身体感覚の領域であるが、その感覚が消えても心に残る、つまり記憶としてその痕跡が残ることでは同じだと言えるかもしれないが、痛みの痕跡はそれが語られることを拒む、語られない痕跡であるという点で本質的に異なっている。

痛みも快楽も、高橋睦郎の領域である心の経験の表現に広く使われてきたメタフォアである。快感は薬物中毒のように、身体的記憶として心に残り、心がそれを求め続ける。痛みも心が求め続けるのだが、それは痛みを感じることによって身体が喚起した生きることへの緊張感とエネルギー、自らの存在意識の高まりを心が記憶として留めているからだろう。

トラウマとしての痛みの痕跡をテーマとした作品は二十世紀文学の大きな核を形成しているが、ソール・ベローやバーナード・マラマッドをはじめとするアメリカ・ユダヤ系作家の作品に中心的なテーマとして描かれている。映画作家のウディ・アレンも同じである。痛みの痕跡を残した経験そのものについては語られることがなくても、その痕跡=トラウマを抱えて生きる人間たちの不安と恐怖に翻弄される生の現在が描かれるのである。

痛みは他者にはわからない。じんじん、きりきり、ずんずんなど痛みの表現はいろいろあるが、本人以外には経験することのできない、他者と共有することができない経験なのだ。オノマトペ表現が多いのも、そのことを示している。いくら声に出して説明しても、大声で訴えても、悶えても、その経験の内容や質はそれ自体固有で、他者とは共有できない。痛みは孤独そのものなのだ。

痛みは耐えることが難しい、身体的極限経験だ。拷問は死よりも残酷だと言われる。痛みは身体的な苦痛だけではなく、精神も心も意識も錯乱させて、統合された人格を壊し、人間の尊厳を破壊し、生きる気力を失わせる。痛みは何よりも恐怖を喚起する。

人は痛みから逃れるために薬を飲み、痛みを避けるために危険には近づかないようにする。痛みの極限はショックだそうで、ショックは身体的な反応であるにもかかわらず、心へのショックとして記憶に残る。記憶に残った痛みとは、不安や恐怖であり、それがトラウマを形成する。すべては自分一人の孤独な、そして内的な経験なのである。痛みに耐えることは孤独に陥り、孤独に耐えることなのだ。

その個別で、具体的で、しかも内的でありながら、かつ生命あるものにとって普遍的な痛みの経験をどのように詩人は他者と分かち合えるものとするために外在化し、表現してきたのだろうか。

シルヴィア・プラスに「切り傷」という詩がある。

切り傷　スーザン・オニール・ロウのために

何という戦慄——
玉ねぎの代りにわたしの親指。
先がすっかりなくなってしまった
皮膚のつなぎ目だけを残して

帽子のようにひらひらする
死んだように蒼白。
それからあの赤い奔流。

小さな巡礼者

インディアンがおまえの頭皮を剝ぎとった
七面鳥の肉垂の
絨毯は

心臓から真直ぐ敷かれる
わたしはその上を踏みつける
ピンクフィーズの壜を
しっかりかかえて。

お祝いだ　これは。
傷口から
百万の兵士が飛び出してくる
皆赤い上衣を着て。

どっちの味方だろう？

おおわたしの
小人《ホナンチュラス》よ　わたし　気分が悪い
殺すために薬を呑んだ
薄い
紙のような気持。
怠業者
カミカゼ勇士――

ガーゼのクウ　クラックス　クラン
おまえのバブシュカについた斑点《しみ》は
ますます濃くなり　変色する
そしてこりかたまった心臓の筋肉が
その小さな沈黙の水車と向きあうとき
お前の何というとびはね方――

頭骸骨を剝ぎ取られた古参兵
汚れた娘
親指の切り株。

（水田宗子訳『鏡の中の錯乱』静地社、一九八一年）

切り傷に表象された痛みは、端的に言えば、皮膚の痛みである。身体の外側を覆い、外敵から内部を守る皮膚が真っ先に痛みを感受する。その痛みは最も直接的で、敏感な神経を刺激する危険信号なのだ。傷口からは鮮明な真っ赤な血が流れ出る。それをプラスは百万もの兵士という。戦争を指揮する将軍ではなく、前線を突っ走る兵士たち。しかしその攻撃は、その痛みは内部への攻撃の警報なのだ。そこから流れる血は真っ赤ではなく黒ずんでいるはずだ。指先は身体の小さな一部、末端神経の切り傷なのに、その痛みは恐ろしい力を持つ。

吉原幸子の「傷痕」は皮膚の痛みが表層の痛みにとどまらず内部の痛みのメタフォアであることを示している。

傷痕

ガラスの　傷
いく針か縫はれたあとの肉のやうに
ふるびたセロテープに十文字にかがられて
硬直する

傷つけながら砕ける筈の一生を
無器用に　終り損ねて
自ら傷つき
傷つけた手に復元されて
不具の姿をさらす
そして言ふ
こんどこはすなら　粉みぢんに　と

ああこの
裂けた肩　ちぎれた腕は
何ものでもありませぬ
こころが重すぎて
わたしに　肌の痛みはわかりませぬ

それよりも
あなたのその
かすかに血のにじむ指さきは
その痛みは
その重みは

なまじ見える　そして
もう死ねないことが　苦しい

（『オンディーヌ』思潮社、一九七二年）

プラスの詩は、料理の最中に包丁で指先を切るというような日常によくある単純な痛みの経験で、誰もが経験したことがある痛みをきっかけにして、さらに深刻な心や精神の痛みを表現する。

吉原幸子はガラスの砕ける鋭い衝撃を、テープで一時的に破片を繋ぎ合わせた跡から生々しく経験し続けて、それが、惨事の後を生きるペルソナ、人生の痛みを触発し続けるメタフォアとなっている。

しかし、プラスも吉原もどこかでその痛みを求め続けることがわかる。痛みの極限で経験した自己の存在感を再度求めているのだ。それなしに日常では世界との関係があやふやで、自らの存在意識を確認することができない。

そこにはまた、崩壊への敏感な感性、そして崩壊に向かう危機との対峙の中で得る存在感への渇望が見られる。三島由紀夫の「真夏の死」やポオの自滅を求める感性は、それが生の限界における存在感を、過去の惨事で経験した、その痕跡がトラウマとしての記憶として、深層心理を占め、それを蘇らせることなくして、自らの実存を感知し得ないという、惨事の生き残り者に共通する心のあり方を示していると言えるだろう。それは痛みの極限の経験であり、その痕跡としての記憶なのだろう。その記憶は個人的なものでありながら、惨事を生き残った者たちの共有する「痕跡としての記憶」の力である。痛みはこのようにして、個人を超えて普遍的な人類の経験として私たちの感性に直接的な経験として顕現される。痛みの感性もその表現も決して抽象的ではないのだ。

痛みは長引くと苦痛となり、やがて苦悩へと身体から心へ、そして存在意識へと変容していく。それはまた、苦悩は痛みとして経験される心の経験だということなのだろう。痛みを抱えながら書いた作家には正岡子規をはじめ多くの作家がいるが、その中で、フリーダ・カーロとフラナリー・オコナーが傷と痛みを中核に、そして前面に出している作家として、強い印象を与えている。

フリーダ・カーロは、交通事故に始まる脊髄の故障によるたびたびの手術と寝たきり生活の中での苦痛を日常に背負って作品を描き続けた画家である。リヴィエラとの恋も濃厚な、ある意味で極端な感情に終始する関係で、二人を結びつけるものの根底に、フリーダの痛みがあったのではないかと思える。あのシュルレアリスムともまた異なる、メキシコの地の匂いがする、善も悪も、愛も憎しみも混合し、心と身体が一体となった、色彩の濃い自画像。痛みによる自己存在意識の鮮明化と顕現化が直接私たちの痛みとして刺激する。

フラナリー・オコナーもまた、脊髄の病気で、鋭く長引く痛みを抱えていた作家である。病気は汚れだと言いながら汚れることこそが作家の本質だとして、多くのおぞましい物語を書いた。彼女の（小説の）主人公はほとんどが悪人である。カトリックであることと南部作家であることを自分の根源的なアイデンティティとするオコナーにとって、その内面は内なる悪と対峙し戦うことだったことがわかる。旧約聖書のあの不条理な世界、善が報われることもなく、悪が不意打ちをはばからない、見えないのに運命を支配する絶対的な神のいる世界。その中で生きることは、宿命に翻弄されることであり、そのことから生まれる苦痛と苦悩を自らの生として引き受けることなのだろう。

そこでは痛みこそが自らの存在感であり、存在の意識の源であると同時に、生の喜びの瞬間もそこから生まれる。フリーダ・カーロもフラナリー・オコナーもともにその作品には、凄惨な自己嘲笑とも言えるブラックユーモアがあふれている。悪人のおぞましさを抱える、自らの内面を他者に託しながら、自己憐憫のまざったユーモアをそこに満たして、滅び行く南部文化の中で内面に閉じ込められて自滅していく人間たちを究極的に受け入れるオコナーの世界は、恐怖と同情の混じり合った、生きる者の救いへの祈りとなっている。

フリーダ・カーロもフラナリー・オコナーも痛みという直接的な身体と心の経験をコアにすえることを通して、生きることの苦悩と救いを直接的に読者の感性に訴えている。

最後に、鋭い痛みの自己主張と辛辣なユーモアによる自己の相対化と、生きる者たち、生まれたこと自体の傷みと恨みへの深い共感と同情、さらに「生んだ者」を持つという、自己の「起源」を持つ存在への怒りが見事に一体化されている詩を引きたい。生まれること自体が「惨事」であり、生まれることは「惨事」の記憶を内包しているのだ。

高橋睦郎『永遠まで』に収められている「私の名は」は詩人が名刺代わりに書いた詩であるという。

私の名は　死を喰らう者
新しい不幸の香を　鋭く嗅ぎつける者
喪の家にいちはやく駈けつけ　死肉を貪り
望まれず　甲高い嘆きの声を挙げる者

私は羊水の中　臍の緒につながれたまま
内がわから　日夜　母親を蝕み
血まみれの産道を破って　這い出た
父親はあらかじめ　失われていた
親族や係累も　はじめから絶えていた
揺籃も　乳母車も　産着《うぶぎ》すらなかった
差し出された乳房に　汚れた爪を立て
乳首を嚙み切り　血のまじる乳を吸った
驚いて引き剝がされ　投げ出された
私の年齢は不詳　というより　不定《ふじょう》
零歳にして百歳　むしろ超歳
白髪《しらが》　皺だらけで　産声《うぶごえ》を挙げつづける
私を捜すなら　あらゆる臨終の牀《とこ》
瀕死の人を囲む　悲しみに家族にまぎれ
誰にも気づかれずにいる　見知らぬ者

私は　つねにあらたに死に渇く者
滅びへの飢えに　苛まれつづける者
自身死ぬことを拒まれた　不吉なる者

ここでは痛みはすでに皮膚という表層の領域を無視して、そこから抜け出している。表層の痛みなど耐えられるものなのだ。痛みとは根源的な生、内臓から脳髄まで、そして精神や心を作る素材のすべてを犯している内部の風景であり、神経網の図式なのである。

痛み訴えるのはその生の根源である母親でしかない。女もまた、母親になったときから、その痛みの共犯者として、自らを苛む性を生きるからである。

女は子を宿したときから、その子宮の内部から貪られている。それは子という存在の復讐であり、「存在」そのものの復讐なのだ。母親は子を産むときに、最も死に近づく。その痛みは身体的なものであるが、同時に、内臓の、女の身体の中核を形成していると考えられてきた内臓、子宮の痛みである。

生まれることの痛みも苦しみもまた、死と生を接触させるものであるだろうが、それは母親の我が身を犠牲にしたアイデンティティ＝自己意識の痛みであり、死への接触は母の痛みの足りなさでもあり、生まれるもののその存在意義を母の痛みに頼っている。生まれることも恨みを孕み、死ぬこともまた同様である。もちろん生まれる子は意識の上ではそのようなことはわからないが、その痛みは生き延びていかなければならない生・存在の条件となる。

高橋睦郎には「ぼくは　お母さん」という壮絶な詩があり、そこでは母を生み直さなければ自分が生まれないという、産む者と生まれる者、母と子に関する、つまり、存在の本質的な相を表現する作品だが、そこでも読者が感じるのは傷みである。直接的で、生きること、思考すること、感じること、愛すること、書くこと、すべての日常行為につきまとう実存的痛み。子の存在の痛みと母の痛みが一体化する、母であり、子であることの共倒れであり、傷みの共有である。痛みは存在の起源の記憶、その感覚の蘇りなのである。

戻る——井坂洋子と正津勉

オイデ　井坂洋子

のどの奥がちりりと痛み
かぜぐすりを買ってきた
一日に一日を重ね着して
いったいどれくらい眠ったろう

にわか雨も
セミが網戸にぶつかって落下したのも
水道管の工事も

人々が同時に息づいていることも忘れはて
渦巻いて小さくなった地球が
ぐるぐるして
始まりへと向かっていった

緞帳《どんちょう》まで　まだ間《ま》があるが
もう空は明るみが失せ　グレーの雲が
西の端の白さを追いやろうとしている
わたしは急な流れに掛かった
吊り橋の上にいた
何者かがおそろしい勢いですりぬけて
行く方角には
妖しい百合の群れが首を折っている
物語の奥へつれさられる子のように

引き寄せられるが
足もとに黒い油が滲み
下から闇があがってきて
下半身が溶けかかっている　そのとき
ついと鼻先を掠めるイトトンボが
反対の方角へ
飛んで
（どこかでか　わたしは　許されている）
天の一角の　僅かなぬけ道を
ほの赤く照らした

（「Rim」Vol.11 No. 2、二〇〇九年十月）

この詩は死の淵からの帰還、そこから「戻ってくる」詩である。熱に浮かされるという心身の非常事態に、意識が彷徨う。生と死の狭間という意識の境界空間、そこは精神も、身体も、そして何よりも意識の未踏領域である。そこに迷い込んだ時間は、オイデと何かが、何者かが、呼び寄せる生の彼方の地へ近づいていく時間だ。

急流に架けられた吊り橋の上、足下には黒い油、その闇が体を溶かし込もうとしている。それは死との距離が次第に縮まってくる生の極限地点、絶体絶命の瞬間だ。そこからペルソナを生へ連れ戻したのは、細く、幽かで、すいと鼻先を掠めていったイトトンボ。その飛んでいった先の「天の一角」に「ぬけ道」がほのかな光を照らし出している。イトトンボもまたオイデと生へのぬけ道へと誘っている。

意識が戻ってくる瞬間、生への帰還を、このように鮮明なイメージで、しかし、幽玄な風景として表現した詩は少ない。そして、生の意識を取り戻す瞬間が「許された」と感じるということが、生の極限まで、死が呼び寄せる場へと引きずり込まれていく経験の恐ろしさを表している。その恐ろしさは、単に身体的な怖さではなく、どこか贖罪のような、罪の意識を触発される内面のおののきを伴っている。宿命ではあるが必然性を内面に喚起する死の力には人は足掻いて抵抗する。だからこそ、そこで生は「許されている」という実感が得られるのだ。

科学の進展とともに未踏の領域が次々に探索されて、それまで未知の世界だった宇宙や人間の身体内部のことがだんだんと解明されるようになった。人間が、これまで自分の目で見、手で触れ、足でそこへ行き、耳で聞いたり、匂いを嗅いだりして知識を広げてきたのが、顕微鏡や望遠鏡が人間の身体的機能の延長として、人間が磨いてきた身体機能に代わる道具となって発達したのである。

これまでは物資の運搬も、お金の移動も、情報の伝達も、実際に人が動いて初めて可能になったものが、テクノロジーによる交通や通信手段の発展で、今では人が実際に身体的に動かなくても、ほとんどの情報や物資やお金などの移動や伝搬は可能になった。しかも人間が実際に動くよりは遥かに短時間でである。

それもまた、人間の目や耳や鼻、足や手の延長としてのテクノロジーの発展なのだが、それは言い換えれば、人間の身体的機能がバラバラになったことであり、認識が人間の身体と心の総合的な、いわば人間の心身の機能を全体的に駆使した結果到達するものというよりは、どれか一つの機能を使いこなせることによって、簡単に得られるものになってしまったということであろう。

往々にして学者や研究者のように、書物や資料を通して多くの知識を獲得してきた人たちと、自分の経験だけを頼りに物事を判断してきた人との間では、人間や人生に関する見方や価値観が異なる。デジタルディヴァイドと言われる現象はそれを意味しているだろう。

体系的な知識の獲得は、自分の狭い経験の範囲を超えて、時空を超えて、自分の生きていない時間や行ったことのない場所での人類の経験を理解することを可能にする。歴史を学ぶのもそのためだし、知的であるとは、個人の身体的能力の限界を超えて、人間や社会、宇宙を考える意思と想像力の重要性を知っているということだろう。身体的経験と頭脳の働き、そして意識の働きとの関係は未だに未踏の領域なのだ。わかっているのは、情報や知識、そして他者の経験は感動や衝撃を伴わないと、心や精神に影響を与えないということだ。

ヘンリー・ジェイムスは、小説はshock of recognition、つまり認識の衝撃を与えるものだと言ったが、認識を得ることは衝撃を伴う、ということだろう。ショックは一瞬のうちに受けるものだ。ヴァージニア・ウルフは、文学は啓示の瞬間を意識がとらえることにあると言っている。文学は経験を描きながら認識へ導く決定的な瞬間をとらえる感性と想像力の領域なのだ。

文学、中でも詩は、宗教や哲学や歴史、さらには社会学や心理学、考古学や文化人類学など、人間の研究や心の領域の探求が独立した学問研究の分野として開発されていく中で、一人ぽつんと取り残されたジャンルのように思える。文学は昔から歴史記述の役割を担い、人間や社会を知り、伝達する方法でもあった。二十世紀半ばには、社会学や文化人類学、そして実証的歴史学の発展で、文学は社会を知るための最適なジャンルではなくなり、人間、中でも人間の内面や心の理解や表現についても、心理学や精神医療学の科学的研究に道を譲ってきた。

しかし、そのような「科学的な」実証研究分野にも限界がある。先端科学でさえ、生命延長や生命誕生の分野に侵入して、従来のタブー領域を狭くしてきたとしても自分で実際に体験しなければ絶対にわからない領域がある。それは痛みのような個別な身体的経験と、死の経験（死後の世界も含めて）だ。

死ぬという経験に関しては、学問はあまり役に立たないし、死の経験を語ることは死んだ人にしかできないので経験も役に立たない。死への不安は、経験したことのない未知の領域に関して、自分の身体で確かめられないことからきている。死の淵を彷徨い、やがて無事こちら側へ戻ってきた経験はいろいろ語られているが、それは実際にはコミュニケーション不可能な経験への接近でしかなく、いかに詳しく語られても説得力には限界がある。

科学的な実証でも、他者の語りでも一人の人間に死の認識をもたらすことはできないのだ。それができるのは「表現」であり、「オイデ」のような短い一篇の詩が、それを成し遂げている。言葉では言い表せないことを言葉で表現するのが詩だと考えたのは、シェリーやポオをはじめとする西欧後期ロマン派と呼ばれる詩人たちで、彼らは、音、色、イメージの喚起力、メタフォアを重視して、詩が音楽や絵画に重なり合う領域を探求した。それは言葉で言葉を超える表現の探求だったにちがいない。

そのような表現は、経験自体を表現することを目的とするのではなく、経験のもたらすもの、それがどのような生の感触、存在感覚を喚起するのかを表現することをめざしている。死の近くまで行き、そこから戻ることがどのような存在意識を、そしてその表現を可能にするのか、それが、文学が「認識の衝撃」を与えるか否かの分かれ目だ。詩は、人の心に直接に響いて一瞬の「衝撃」で人を認識に導く力を持っている。詩の魅力はそこにあると思う。

強引な死の力に必死で抗うという恐怖、どこからか不意にイトトンボが飛んできてそこから抜け出す道を示す。それは、許されたと感じる生への帰還の瞬間であり、生きているという感覚なのだ。生きることは許されているということの認識である。生と死の間にある人間の存在感、その意識は、感性でしかとらえられないもので、それを表現する詩の底力が、読者に「認識の衝撃」を与える。

コールリッジやシェリーやポオも、死ぬとはどういう経験かを知りたいと思い続け、その経験を眠りに落ちる瞬間や目覚める直前の記憶に求めた。死の世界が何であるか、死ぬとどうなるかということではなく、死ぬという経験、生から死に至る道行きそのものがどのような確かな存在意識を喚起するのか、また人間存在の根源的な相を見せるのか、それを身をもって摑みたいという願望である。

コールリッジはアヘンの力を借りて、死に至る意識に近づきたいと実験し、シェリーはそれを求めて溺死したと言われている。ポオは眠りに落ちるぎりぎりの瞬間まで意識を持っていようと努め、死に至る「瞬間」の経験を、奈落への落下や崩壊する建物とども水中に沈んでいく瞬間や、生き埋めにされた者の経験に表現しようとした。アッシャー家の崩壊や生き埋めの話、アーンハイムの瀑布に落ちて行く話、大渦巻きに吸い込まれていく話などは、みな死に至るまでの道を刻々と感覚したいという願望を表していると言える。ロマン派の詩人たちが麻薬に頼ったのも、死に至る道が、この世の感覚が薄れていき、意識が白濁していく過程であると考えたからなのだろう。そこでこそ存在の本来的な感覚が掴めるのだ、と。死の間際まで行くという経験は、生の極限地点の経験である。

詩の魅力は、論理や言葉やイメージの意味性を越え、日常では目には見えず、身体で感じることができない経験から、生の根源的な姿を感じたいという飽くなき欲望に依拠していて、そこに読者が共感することにあるだろう。感覚や感性、想像力でしか把握できない存在の意識を、言葉とイメージで表現することにあるからだ。

フランスの現象学批評家ガストン・バシュラールやジョルジュ・プーレは頭脳で理解したり、分析することが難しい意識の領域を、「翔ぶ」や「落ちる」といった身体的行為の感覚で表現しようとした。それらはどれも目眩に似た、意識と身体がバラバラになる経験として表現されている。存在と意識の乖離、心と身体（精神や魂）が統合された存在から離脱していく感覚経験なのである。存在意識は感性の領域でのみ実感できるものであり、それを飛翔や落ちるという身体感覚で表現しようとすることで、バシュラールの作品が詩に近いのは当然だろう。

＊

滑落　北岳　正津 勉

三日続きの悪天候に昨夜来の暴風雨
それがもうこの昼にかけ嘘のようなピーカン
前線停滞の予報を見事に裏切る気圧配置
全天雲ひとつない信じられない日本晴

一晩天気待ちした広河原登山口から三時間余
このあいだ誰とも行き交わさなく鳥の囀りのみ
白根御池小屋キャンプ場到着午後二時半
ここでも前夜足止め組数名をみるきり

汗の噴きしたたる温気にむっと緑は匂い

蝶や蜂達が舞いゆらゆらと陽炎が立ち上る
テントを張り終えてカップ麵の昼をすますと
あとはこれと急いてする何にもなかった

濡れものを広げザックを枕がわりに
しょうことなし仰のけ頸をめぐらしてみる
ぐるりぐるっと三〇〇〇メートルにとどこう
稜線のはるか真っ青に澄みわたる大空

そして望む嶮しい急登その名も草スベリ
五〇〇メートルにおよぶスロープいっぱい
てんてんと色とりどりに咲きみだれる
多種多様ないまをさかりの高山植物

どれほどだろう瞼が重たくなりかげん

ぼんやりと周りが霞み遠ざかっていくかと
そのときそれと前触れもなく突然ほんとなにか
ふいもとたんに視野が狭窄するというのか

そんなどこだかの器官がどうにかして
わからない物狂おしい眩暈をおぼえるや
こめかみをきりきりと締め付けられるばかり
いいようのない恐怖とどめようなく

まるでもう一秒を一生のスピードで
とおもうや一生を一秒のそれでのように
まっさかさ断崖を下から上へ無辺のそのさき
そのさきへと錐揉《きりも》み滑落しつづける

（『遊山』思潮社、二〇〇二年）

正津勉の詩集『遊山』には、奈落への、死への、自己崩壊への接近経験、そこへの落下意識、「滑落」感覚が主なテーマとして、全作品を貫いている。その瞬間に存在の意識が鮮明に実感できることを求める願望が現れている。そして、奈落にはいつも行き着かず、もう少しのところで戻ってくることが、夢から醒めるしらけた経験であると描かれる。ペルソナは奈落＝破滅へ滑り落ちていく瞬間の、目眩と恐怖に満ちた経験のうちに、生の意識を、その感覚を摑もうと、戻ってきてからも性懲りなくまた奈落への道を求めて行く。『遊山』に収められた詩篇は皆、山に登る詩である。正津勉は麻薬ではなく登山をあの世へ接近する道、実存体験を託す表現の場として選んでいる。

登山はいつも遭難の危険に晒されていて、ビバークは死と紙一重の場での生の限界経験を孕んでいる。山はあの世の、そして地獄の象徴であることが多い日本の民俗風土では登山自体が黄泉の国への道程であるかもしれないと暗示する。しかし、「遊山」というタイトルは、宗教的な修行や自己探求などといった深刻な目的を持って、人里離れた、用事がなければ人がめったに足を踏み入れない山奥へ入っていくのではなく、ただ山へ遊びにいくという非目的の遊びとしてペルソナの登山を設定しているかに見せている。

しかし、それに騙されてはいけない。そのごく普通の行為が、日常の緞帳を急に引き上げて死の淵の形相を見せるという経験をペルソナは求めているからだ。それが詩人がペルソナを山に登らせる狙いなのだから。遊山というタイトルは、極限的な経験への道行きの皮肉なタイトルである。山に登る目的などない、ただ登ることをやめられないのが、この遊山の詩のポイントであり、タイトルの持つ逆説的意味である。同時に、そのような探求が、俗世界では利益をもたらさない無用な行為であるからこそ、それは遊びなのだ。

正津勉はこれまで、自己を追いつめて、酔いどれの醜態という、滑稽なほどに惨めな姿にまで「落ちて」、そこに自己の存在意識を求めようとする詩を書いてきた詩人だ。自己破滅的な裸を晒すペルソナの姿に、読者は生きることの苦悩に真摯な者の姿、存在の難しさとそこにひたすら立ち向かう者の威厳のようなものを感じて、衝撃と共感を感じ取ってきたのだ。ペルソナが自虐的なほどに滑稽で、自己を道化にすればするほど、生の感触を得ることの凄みが伝わってくる。

『遊山』の詩篇はどれも、生の根源的な相を摑むための自己破滅的な行為と詩人のその表現への意気込みが具体的でごく自然な登山経験の描写の中に溶け込んでいる。身体と精神が拡散し、意識が死の淵へ向かっていく道のりが、険しい山道を登るという身体的にきつい行為の中で表現されていて、滑落へ至る変化の不吉な「予兆」が、嵐や雷、眠りや幻覚など、登山での極限的な身体的疲労の描写の中で展開されていく。それだけに、自己嘲笑的なペルソナの「滑落」経験が、悲壮感や挑戦の凄さよりは、どこか疲労感のもたらす哀しさを醸し出す心象風景となっている。

山で遭難したことのある人なら、ビバークという極限状況、死が間近に迫ってくる意識などを知っているだろう。誰でもおそらくは、きつい、きついと言いながら、なんでこのようなつらい経験を好んでするのだろうと、自分に問いながら山に登る。ロマン派詩人のアヘンや正津勉のいつもの酒に代わって、ここでは登山が疲労による意識の混濁へ導く役割を果たしている。日常的、世俗的な意識が壊れてこそ、根源的な実存の姿が現れる瞬間が待ち受ける。しかし、作品を覆う自虐的なユーモアが、存在の意味に立ち向かうヒーローの悲壮感などのつけ入る余地をなくしているのである。

正津勉のユーモアは、自らを滑稽化するブラックユーモアによって自己崩壊への「落下」経験を語るためのものだ。しかし、それに加えて、死や自己破滅の淵から戻ってくる、しかもいつも戻ってくる、そして性懲りなくまたそこへ行こうとする、というどうしようもない人間の姿を表現するためだろう。そのユーモアは、人が生きることの孤独、生きることの無意味に耐えられないゆえに、無謀な行為を繰り返し、存在の実感を求め続ける絶望と孤独を内面に抱え込んだ人間を、「滑稽」の相において描くところから生まれている。詩も遊山も、無用な行為、無用者の行為なのだと言いながら、そこに人間存在の実相を求めるほかない、という主張を込めているのだ。しかもそれはいつもアンティ・クライマックスな行為なのである。

婆　石鎚山

当日夕刻かなり遅くなり面河《おもご》到着
渓谷沿いのキャンプ場に先客はなかった
テントを張り終え夕飯を掻き込むと
もうすることは何ひとつない

だがまだ眠るには早すぎるわ
深層水焼酎「空海」を満タンの水筒ひとつ

形良い岩の窪みに仰向けに背を凭れ
ちびりちびり参ろうかなんて

これで雲間を漏れ来る光があれば
水面に浮かぶ月を愛でる唐の詩人だが
生憎な空模様なところ風流心の一片もなく
のんべんだらり飲んべえもいい

いつのまにやら酔っぱらったか
真っ暗やみのなか瞼も重くそぞろに
そうあの「へんろう宿*」のすっとぼけた
話のしだいが浮かんでいる

じつは朝がた室戸岬からの道すがら
その舞台となる波濤館《はたうくわん》跡あたりを通過した

そこのオカネ、オギン、オクラさん
ふしぎなお宿のふしぎなお婆

「三人とも、嬰児《あかご》のとき、この宿に放《ほ》つちよか
れて行かれましたきに、この宿に泊つた客が棄
てて行つたがです。いうたら棄児ですらあ」
なんてふうに朗らかに笑いさざめく

御機嫌なお婆らと今晩はもう一晩中
とことん差しつ差されつ飲み明かすべぇ
だってすっかりお宿のお客になったつもり
おかしくも想いつのっている

ここでこうして車座になってそいで
こんなバカ言って婆らを沸かせたりして

「婆さん、もう一つ飲めや、酒は皺のばしになるちふわ」

（『遊山』）

＊井伏鱒二の掌編

一人で川辺にキャンプするという、危険ではなくても、何か不吉な予兆を孕んだ、凄惨なことが起きそうな予感のする経験。焼酎で酔いつぶれて、真っ暗な眠りの世界へ沈み込んでいこうとするペルソナ。そこに幻覚のように現れてくる老婆たち。その老婆たちと飲み明かす一晩は何とも冴えない、おかしい風景だが、それこそが求めてきた実存体験なのだ。そのおかしさは生の実感を求め続ける「生きることの道化」として自分を晒け出し、孤独で狂気を孕んだ深層を見届けようとしては、いつもそこに行き着かずに「戻ってくる」という恥じらいからくる、照れ隠しでもあるのだろうか。

これらの皺だらけの婆さんたちはかなり怪しくて、井伏鱒二の「へんろう宿」の棄児たちの晩年の姿をも超えて、異界の者たち、もしかしたら、ペルソナを破滅へ誘うマクベスの老婆たちかもしれないのだ。山頂は極めなくても、へんな宿にたどり着き、社会の底辺を生き延びた婆さんの亡霊たちと酒を飲みかわす経験こそが、正津勉が登山という道を設定しながら求めているものなのだろう。やはりこの詩人のブラックユーモアは並大抵ではない。

アメリカの現代詩人の中でもロバート・ローウェル、シルヴィア・プラス、アン・セックストンなどは〈死の淵〉経験者として作品を書き続けた詩人であり、皆帰還してきた者たちだ。皆、セックストンの言う「ハーフウェイ・バック」、つまり帰還途中の路上にいる。生はいつもまた「そこまで行く」危険に晒されている。同時にそこから「連れ戻される」苦悩も常に内包している。戻ってきた生は無意味で実感に欠け、またそこへ行ってしまいたい、行かねばならない、という切望を喚起する。生きることはきついだけではなく、厄介なことなのだ。

深底を知っている　と彼女は言う。
わたしの大きな根でさぐって知っている。
あなたが恐れているもの。

わたしは恐れない　そこに行って来たのだから。

（シルヴィア・プラス「楡の木」『冬の樹々』）

プラスやセックストンのペルソナは痛々しいまでに、生の無意味さに無防備で、傷つきやすい感受性を晒け出す。彼女たちの自己破滅願望は破滅まで行かなければ、生きる感触、自分が生きることの意味を実感することができないからだ。読者はそこに生きることの苦悩を見、その苦悩に真摯に向かい合うペルソナに、衝撃を受けながら共感する。これらの詩人たちが表現するのは、内面の奥深くに封印してきた、極限的経験を求め続けなければ生きる意味が摑めない、人間という存在の孤独の相なのだ。

正津勉の詩作品も同様である。日常と極限、些細なことと根源的なことが混じり合う、精神絵図としての遊山、破滅まで行き着こうとしながら、いつも「ハーフウェイ・バック」なペルソナの、自己を道化に見立てるユーモアは、同じように衝撃と共感を伴って読者を詩の領域の真髄に引き込んでいく。

剥ぐ――渡辺めぐみ『光の果て』

渡辺めぐみの詩集『光の果て』に「オカリナ」という作品がある。

オカリナ

蝶が行く
草地を
晴れやかに　広やかに
わたしをさがす
蝶はもういない
わたしをさがす

蝶を追いかけ
見えない遠くに
わたしをさがす
光の果てに　ほんの少しでも
わたしが在ることを
それだけを　信じて
わたしは　わたしから
何気なく　剝がれた
出血は小さく
オカリナが
聞こえた

（『光の果て』思潮社、二〇〇六年）

この詩のテーマは「剝ぐ」ことにあると思う。
求められていた自分も、そしてその自分を求めたものを追いかけて行った自分も、今は遠景の中に見えなくなっている。そこには光が溢れているが、その光の向こうは見えない。そこに自分の何かが残っていることを、光が果てていく暗闇の中が無ではなく、自分の痕跡があることを、信じたいと思っている。そのことを思うほど、遠くに来た自分を感じている。そのとき自分の一部が剝がれた、と感じるのだ。

剝がれるとは痛みを伴う経験である。ましてや自分が自分から剝がれるという精神的な経験は、深い心の痛み、その衝撃を伴う。それを詩人は、あるいは詩の中のペルソナは、何気なく、といい、出血は少なかった、という。自分を遠景の中に位置づける。遠くの光のその先の見えないところへ、求められ、また、求めて追いかける希求で成り立ってきた自己存在の痕跡を想像する。現実の自分と自己存在意識の距離感が、遠近法の彼方への視線で描かれ、自分が自分から剝がれる、という感覚へと導いている。

その痛みを伴うが、すでに遠くのことのようにも感じる自己感覚を、伸びやかに見えなくなるまで舞っていく蝶の姿を包み込む広い草野や、オカリナの優しく澄んだ音色が聞こえる風景の中に何気なく置く詩人の繊細な感性。自分の一部が剝がれるという深刻な経験を、このようなさりげなく、何気ない仕草で、自然の風景の中に置くことが悲しみと諦めの混ざり合う、孤独な心を暗示する。それはまた、風景の彼方への、不可視の領域への視線、自己存在意識の彼方への志向を表現している。そこまで来るのに長い

「剥ぐ」時間が続いていたことを示唆して、明るい光がかえってその苦悩を感じさせる。しかし、その先、これからの時間は、光の果てに身を置く時間となることをペルソナは知っている。それがこの詩の啓示であって、今はそこに到達するまでの遠景の中に見えなくなっていく自分らしきものを追いかける時間、ピューガトリーの時間なのだ。出血は以前に比べて少しになった。

剥ぐという行為は暴力的である。痛みがその行為にはつきものだし、剥がれないものを無理やりに剥がす、身体的な力が加わらなければできない。そして何かが剥がされた後に露出するもの、それは隠されていたり、守られていたりしたものが、無防備な状態へ引きずり出される、他者の目に晒される、自分自身にも可視化されることだ。

自分自身の何か、それまでは自分を形成する一部だったものを剝ぎ取る、という行為は他者から、あるいは外部からの暴力であると同時に、自己変革を希求する自らの実存的行為のメタフォアでもある。

シルヴィア・プラスの「アリアル」は自己の本質へ向かって、自分自身を剥いでいく詩だ。そこでは、疾走する馬に跨り、燃えたぎる火の釜、太陽という本質へ向かって、身を晒け出していくペルソナの、自分の存在を一枚一枚剥がしていく行為が死への道程であることが強烈なイメージ、痛みのイメージで表現されている。

プラスには玉ねぎを刻みながら自分の指を切ってしまったときの痛みをテーマにした作品がある。「切り傷」は、中身の核に至るまで剝いでいく玉ねぎと、死に至るわけではない小さな指先の切り傷の鮮烈な痛みの感覚が重なり合って、それが戦慄を伴う自己認識の経験であることを表象する。

吉原幸子にも痛みと存在意識、自己認識とが深く結びつけて表現されている作品が多くある。自分が存在していることを感じるのは痛みを伴うことであると同時に、痛みという身体的、精神的に極限的経験がなければ、存在の実感、自己意識の根拠を持つことができないということを表している。極限的経験とは究極的には死の経験であり、死へ向かう経験であるだろう。死の実感こそが生の実感、自己存在の意識を可能にするものだという思想は、近代ロマン主義の核をなす思想である。たとえば西欧文学ではポオの作品に、そして日本文学では、三島由紀夫の「真夏の死」に、生の実感へ至る道が、惨事、つまり暴力的な自己破壊、他者あるいは絶対的な力（運命など）による死の経験とその意識を媒介としていること、それゆえに、人は惨事の再来、自己の死や破壊を熱望することがテーマ化され、描かれている。

私自身、剝ぐという行為や経験を、惨事を生き残ったもののその後を考えるときに、核となる経験であると考えてきた。剝ぐという行為は、記憶であり、痕跡である。それは痛みのためであるだろう。痛みは消えることがない。それは記憶として、心に自己存在の痕跡を刻むからだ。自作「羽衣草庵」という詩では、空き地となった都会の小さな場所に、一本だけ生える細い草がペルソナである。その草はすべてが剝ぎ取られた、惨事のあとを生きる無防備で無力な存在だが、雨に晒され、太陽にいたぶられながらも、生きながらえようとする命である。「その後」という感性を持ち続けて、そのテーマ化を詩で表現したいと思っていた時期に書いたものである。

そういった悲壮感が「オカリナ」にはない。剝ぐという痛みの瞬間に持つ自己存在の実感を、野の果ての遠景からさらにその奥へと続いていく光の彼方の見えない風景の中に収めようとする。そこには暗さはなく、ただ「光の果て」である。「オカリナ」は光と光の消えるところ、オカリナの音と音が消えるところ、蝶々が舞いやがて見えなくなっていくところ、その境界領域の風景を描くことで、表層と深層が明確な輪郭を持って峻別されない内面表現となっている。

根——佐川亜紀『押し花』

佐川亜紀の「記憶の根」という詩がある。

記憶の根

記憶が水を吸うのは
最もやわらかく繊細な根毛から
産毛のように洗われて

痛みの神経が
土の中に夕焼けをしまう

根は土と抗うよそもの
手だけになった子供たちが
岩を崩す
先端の冠は
つぎつぎに剝がれ落ち
真新しい問いの筆が生まれる

年月をつらぬくものは
棒のような幹ではなく
しなやかな根毛である
人間の恥ずかしい毛のようなもので
獣の無垢のなごりと
立った不思議な二本足の間にあり
ほんとうはそんな恥の感受性も薄れ

空洞を隠しているにすぎないが

土の幾層の物語の細部に
耳を傾ける根の
地下の深さが
地上の梢の高さになる
ぶつかり　這い回り
触覚で地の大きさを確かめ
高みへの渇望が
深さへたどりつかせるのだが
地表あたりで
うろうろもつれを繰り返す

（『押し花』土曜美術社出版販売、二〇一二年）

記憶は根から。脳科学では記憶を司るのは脳の海馬であると言われている。老化現象は脳の問題であって、脳を鍛えなければ記憶する力も、記憶を呼び戻す力も衰えるという。しかし、年寄りでも昔のことはよく覚えている、しかしそれは記憶しているというよりは、自動的に思い出すことができるのではなくて、それは呼び起こされるのであることを、私たちは経験として知っている。それが呼び起こされるきっかけは感性への刺激だろう。記憶する、記憶を呼び起こすということと脳の器官としての機能とは直線的に繋がっているのではなく、何かが媒介しているのだと思う。

「身体で覚える」という言葉は直接脳に頼らない記憶するプロセスのことをさして言っているのだろう。身体ももっと部分器官に分解されて、手で覚える、足で覚える、鼻で覚える、耳で覚える、舌で覚えるというと具体的でわかりやすくなる。それらは独自の機能と感覚を持つ器官でそこでの感覚を脳が記憶するということなのだ。

しかし、記憶に関しては私たちの身体の中では心が中心的役割を果たしている。たとえば本が送られてきたときなど、いつもまず作者へ心の中で手紙を書く。感想、そして批評なども心の手紙に記す。すぐにも伝えたいという気持ちが湧くからだ。それは実際に手紙にならないこともあるが、それでもそのときに心に刻んだことは忘れないで残っている。それは心が記憶するのであるが、心とは一体、身体のどの部分にあたるのだろうか。

記憶をするだけではなく記憶を蘇らせるのも心だ。水泳やスキーなど長い間たっても覚えたことを忘れないのは「自然に体が動く」からだと言われる。しかし、たとえ手で覚えていても、舌で覚えていても、それを蘇らせること、思い出すことを促し、思い出すことで衝撃を受けるのは心なのだ。いかにどこかで記憶として溜め込まれていても、それを蘇らせるという心の作業がなければ、スイッチを押して動き出す機械仕掛けの人形と同じだし、思い出して衝撃をもたらすことがなければ、記憶はまるで使われないままに放置された宝物や優れた機械のようなものだ。記憶のスウィッチを促すのが心なのだから。

心の中に溜め込んでいるもの、それが記憶なのだ。記憶された感情であり、蘇ってくる感情である。刻印された感情、感情となって記憶された意識や思考や経験こそが記憶なのだとすれば記憶とは心そのものなのであり、心とは記憶なのだ。目が見えなくなっても、耳が聞こえなくなっても、心に刻印された記憶は蘇ってくる。記憶は見えるもの、体験できるもの、具体的なものを超えた、非可視な感情、つまり、行為や言葉に表現されなかった感情であり、感覚を超えた感情と言っていい。それを湛えるところが心という機能を持つ不可視な場所ではないだろうか。

樹木にとってそれが、つまり心が、根であると、詩の言葉で表現されて納得したように思った。確かに記憶を湛える心の深層は深いところに、すぐには目に見えない暗闇の中に、大きく根を張って領域を広げている。年を重ねればそれだけ根も周辺へその存在を延ばしていく。人間にとっても心は根なのだと思うとイメージが湧く。根は記憶を貯蔵する心のメタフォアなのだ、と。

谷川俊太郎を真似して「さようなら」を自分の生を支えてくれてきた身体の部分一つ一つに別れを告げても、心は残ると人は思ってきた。「さようなら心よ」と言っても常に自分の心はどこかに、あるいは何か、誰かの中に残り続けると信じてきた。他人の心も同じである。それを信じることが文化を、さらには文明を作ってきたとも言えるだろう。人は他者の心を慰めることを文化の構造にはめ込むことで生き延びてきたのである。身体を離れた心は魂と呼ばれ、文化はいつも鎮魂をその表現の核心に据えてきたのであるから。

心は記憶で、心も記憶も根だと、まるで啓示のように認識すると、改めて「生命の樹」のように「心と記憶の樹の図」を描きたくなった。今までは心は身体の中心にあり、どこかでそれは身体のてっぺんにある脳の支配を受けているように思っていたが、心＝

記憶を持つ身体のメタフォアとは少し違って描かれなければならないように思える。

　西欧文化には楽園の図が多く描かれてきた。ダンテの新曲で有名な天国、purgatory、地獄と死後の魂の居場所についても画家たちの想像力を刺激してきた。日本でも極楽浄土と地獄絵図がいろいろ描かれてきたが、西欧の楽園図の一つの特徴は、それが円形であることだ。大体において天国、浄土は上に、そして地獄は下に描かれてきた。天国は明るい光に満ちた天空に、地獄は暗黒領域で地下にあると描かれている。

　楽園図になると天国や極楽浄土図とは異なって、失楽園以前の地上の楽園という意味を持つので、そこでの住人はあくまでも生きている人間である。そこも円形に描かれることが多いが、円筒形ではなくて、上と下という垂直な構造がなく、平面である。楽園では罪行為がないばかりでなく罪の意識がないから、隠される暗黒下部が不必要なのだ。楽園には記憶もない。記憶とは時間だが、空間だけが存在する。時間のない空間が楽園なのだ。

　野生の王者ライオンは二十時間寝て四時間食べ、生き残るための仕事をするという。記憶を持たなければ夢見ることはない。記憶のない眠りが野生であり、楽園なのだろうか。

フロイトは、夢は欲望や願望、恐怖、苦痛などの記憶を外在化し、絵図化や映像化するものと考えた。根もたまたま地上に露出してくるがそれ自体ではどのような幹や葉、花や果実、梢の形であるかなどは何も示さない。しかし時間のない楽園の平面空間を根は下へと侵食し、フラットな表層を縦にその下へと割り込んでいったのではないだろうか。

聖書のイヴがリンゴを食べたことで自分の裸を恥じたということは自分を他者の視点から、相対化して見つめたということであり、それは、「時間」を得た、時間とともにある「記憶」を得たということではないだろうか。他者の視点によって、自分の過去を呼び起こされる、自分を今という平面だけで見るのではなく、自分の過去、他者に見られてきた過去を呼び出される。記憶は垂直な思考を不可欠にし、それを追っていくと根のようにじわじわと真相へ、関連領域へと侵食し、「物語」に至り着く。自分の物語、自分の内面の物語化が記憶を、そして他者の視点を意識することで作られていく。

詩人は、記憶がもつれるのは地表あたりなのだという。眠っている者の記憶は呼び起こされるまでもつれてはいないのかもしれない。思い出すときにもつれるのは現在の心の状態に起因するということなのだろう。記憶は常にそこにあっても、呼び起こされる瞬間は今の心に依拠する。記憶という過去の痕跡、痕跡となった感情と今の心の関係は平面と垂直領域（深層）、過去と現在という空間と時間を交差する心の軌道なのだ。静かに水を湛えた湖の表面や、ゴツゴツとして色彩もくすんでいる根の具象にだまされてはいけない。佐川亜紀の作品のように歴史の複雑な層を、痕跡となっていく記憶の深層を外在化するのは、今咲いている花でも枯れてしまった花でもなく、「押し花」というメタフォアの力なのだ。

場所——河津聖恵『新鹿』

詩と記憶は切っても切り離せないが、そもそも記憶は人生そのものと切り離せないのだから、表現と深く関わっているのは当然であるだろう。それでも詩表現は小説や他のジャンルに比べて特にそれが深く濃密であると思う。

私の一番古い記憶は何かと考えると、いつも一枚の写真が心に浮かぶ。それはおそらくは二歳前後の幼子だった頃の写真で、門の格子扉につかまって家の外を見ている。その家は父と母が新婚の頃から住んでいた、馬込の祖父母の家近くの借家で、私が二歳になる頃までそこに住んでいたとのことだ。姉も私も普段着の着物を着ていて、三歳年上の姉の頭は格子扉の上にあり、私の背丈は格子扉の高さに達していない。二人とも、おそらくは道の向こうからカメラを向けている人のほうを向いている。

この家についてはほとんど何も記憶にないが、何故かこの頃の自分の姿を思い描くことができるように思うのは、この写真のためだと思う。写真が記憶を作っているのだ。

次の記憶は、田端の家に移ってからの小学校に上がる前の時代のことだが、それらは断片的でも数多くあって、写真なしの記憶も、写真に残っていることについての記憶もある。そこに住んだのは五歳頃までだから、その頃になると大人になっても覚えていることが増える。

私は日支事変の起こった一九三七年生まれで、その頃は太平洋戦争開戦前夜だった。父の一番下の弟が田端の家から大学へ通っていたが、その叔父は肺浸潤の影が見えたとかで、丙種不合格になった。友人たちが次々と出征するのを見送りに東京駅まで私を連れて行っていたらしい。銀座通りに敷き詰められた石畳の縁を踏まないように下を向いて歩いている小さな私と、憂鬱そうな、浮かない顔をして私の手を引いている叔父のぼやけた黒白の写真が残っている。叔父は自分が不合格になったことを悔しがって泣いたそうである。

写真はないが、水兵さんになって出征していく叔父の友人を上野駅まで見送りにいったときの記憶がある。海軍の制服、中でも帽子が今でも目に浮かぶ。その人は南海で亡くなったそうで、叔父はその知らせにおいおいと泣いたと母から聞いた。若かった頃の叔父に関する話のほとんどは母から聞いたことであるが、それらのことはすべて自分で経験したような鮮明さをもって今でも記憶にしっかりと残っている。英語を教えてくれたのもこの叔父だ。As cool as cucumberを幼い私に繰り返させて、発音がいいと褒めてくれた。叔父はこの頃英文科にいて、スティーブンソンの『宝島』を原文で読んでいた。部屋の欄干から身を乗り出して幼稚園から帰ってくる私を待っていた姿、針を踏んで手術をした後の私を母とともに病院へ診察に連れて行ってくれたときのことなど、今でもはっきりと思い出すことができる。日暮しの家、戦争、手術、母の話、英語、宝島……私の幼い頃を思い出すとき、角帽をかぶった大学生の叔父の姿がいつも呼び戻されてきたので、戦前の幼年時代の記憶の蘇りの中で、叔父はいつの間にか消えない居場所を占めるようになったのだと思う。

三島由紀夫は生まれた直後の産湯を浴びたときの記憶があるというが、これも話を聞いて記憶ができたにちがいない。記憶とは、記憶の記憶のことなのだ。記憶は人生の物語を作る資料だが、写真を本に置き換えれば、幼い頃から読んだ絵本や物語、文学作品も記憶を作ってきたと言えるのかもしれない。

記憶について考えた記憶と言えば高校時代に読んだベルグソンの時間論を真っ先にあ

げるだろう。それからプルースト、そしてサルトル。サルトルはフォークナー論で主人公たちは車の後部席から過ぎ去っていく風景を見ているように人生を見ていると評したことに感銘を受けたことを覚えている。

記憶と詩の創作を結びつけた詩論としては、まずワーズワース。詩とは瞑想のうちに思い出す過去の経験の蘇り、その記憶だと断言した。コールリッジの想像力と空想についての理論的な解釈も、ロゼッティをはじめとするラファエロ前派の死んだ女の視線への感受性、そして、ポオやフォークナーの南北戦争以前の南部の記憶から蘇るアメリカの深層の物語。

プラトンの洞窟、ハムレットの亡霊、マクベスの魔女、サンドマンや黒猫の影から、イエイツの交霊術、フロイトのトラウマ、ユングの元型と、夢や幻想や欲望、不安や恐怖など深層心理に関わることはすべて記憶の領域と重なっている。それらをひっくるめて想像と空想とコールリッジは言ったのだが、近代科学や学術研究はそれらの関係を複雑に分化し、深化していったのだと思う。

コールリッジはアヘンを吸ってザナデウというモンゴル辺りらしい場所にいるヘブライ・ハーンの夢を見て、それを詩にしたが、目が覚めて夢が消え果てたのか、その詩は途中で終わっている。ザナデゥには川があり、やがてその川は瀧となって深い洞窟へ流れ込んでいく。そこで目が覚めたらしいのだが、それは「落ちる」、「滑降する」経験で、ポオがさかんに作品の中で描いた経験だ。

滑落は身体的な経験だが、夢や幻想の中での滑落は死や崩壊に向かって突き進んでいく自己破滅の感覚、存在意識の崩壊の感覚をもたらす、内的な経験として記憶される。そのような感覚は目が覚めても消えないだけではなく、記憶の中にいつまでも残る痕跡を作る。

夢と記憶は境界線が定かでないように思うが、夢はすべてが記憶として残らないところが違いだと、以前友人の心理学者から聞いたことがある。夢はすばやくなぞったり、記録したりしないと記憶に残らないのは、写真と同じことだそうだ。風景もまた、心象風景として記憶に残るためには、その風景が内なる経験と結びついていなければならない。

コールリッジやその影響を受けているシェリーもポオも含めて、ロマン派の詩人たちにとっては詩と記憶が一体であることは明らかだ。詩とは記憶なのだ。これらの詩人たちは記憶を失うことを極端に恐れていたことでも知られている。それはまた、一瞬にして消え去るものへの深い愛着と哀惜の感性でもあるだろう。記憶は意識の表層にはなく、無意識の、暗い闇の中の領域で夢や願望と同居している、というよりは混ぜこぜ一緒くたになっている。また、過ぎ去った時間をどのように止めておくのか、それをどう追いかけるのかということも詩の核心にあり、詩的想像力とは、常に過ぎ去り、離れていくことやものとの格闘であるのかもしれない。記憶がなくなれば、心も内面もなくなってしまうと詩人たちは怖れたのにちがいない。

忘却や記憶喪失は詩にとっては避けては通れない課題で、遺跡や廃園、海中に沈んだ都市や沈没船などへのロマン派詩人たちの関心は、それが忘却や沈黙と深く結びついている。レクイエム、エレジー、挽歌と詩は失われたものへの哀惜を含めた感性を創造の原動力としてきた。記憶は個人の直接的な経験の記憶やその蘇りだけではなく、それを超える原初的な、人間存在の原体験の感覚への遡りでもあるのだ。

失われた者は、死者も、忘れられていく。それは記憶が薄れていくことであり、記憶のインパクト／衝撃が消えていくことなのだ。詩人はその記憶の蘇りの衝撃を求めて旅をする。それは記憶の刻印を残す場所や土地、風景があるからだ。たとえば芭蕉の旅にしても、それは文学的故人を忍ぶのではなくて、自分の中の「記憶のある場所」を蘇らせるための内的な旅なのだ。

河津聖恵の『新鹿』は中上健次を育んだ土地を訪ねるエレジーであるが、それも中上健次という作家が一人の詩人の心に残した痕跡を、その衝撃を蘇らせるための、内的な「記憶の旅」の詩集であった。

中上健次だけではなく、日本詩人の詩魂の原点には土地との繋がりがある。近代文学では、その土地との繋がりが断たれているという故郷喪失感が個人の存在意識の喪失感の底流を作っている。中上のように多くの作品を残している作家でも、その作品世界に浸るだけでは、その世界を成り立たせている底流を蘇えらせるのに十分ではない。中上健次を個人的に知り、その人の生そのものから、自分の内面に刻印される衝撃や影響を受けた者は、記憶がその衝撃を留めるのだが、時間とともに記憶はその衝撃を生々しく蘇らせる力を失っていく。

河津聖恵の紀州への旅は、作家がいた場所、作品からこぼれていったものが堆積している風景に自分も立つことによって、より深い記憶をたぐり寄せ、内面の痕跡にもう一度向かい合うだけではなく、それを「今」というときに立つ自らの内面にさらに強く刻みつけるための内的な旅であるだろう。
そこでは時間と空間が一つになって、中上健次の魂と呼んでいい、不可視でありながら、常にそこにあり、永遠に残り、蘇り続けるもの、記憶の真髄に出会う場となっていく。その場所／空間とは内的な空間であっても、そこに近づくにつれて時は静まり返り、時ではない時、時を超えた時があたりを覆い始める。

歩いている
時がしいんとみえてくる
杉たちのまなざしの緑が染んでいる空気　まなざしの匂い
もうすぐ箸折峠　スニーカーはやがて峠を踏みしめるのだ
身の内からの切ない思い出のように　みしみし土を辿っている
峠　坂　にくたい的な傾斜への忘れていた感情
あのひとも　あなたも　かかとから霧のように蘇ってくる

（「牛馬童子」『新鹿』思潮社、二〇〇九年）

その「時」はこの世の時間ではない、記憶の中の「時」であるが、「今、ここ」の感覚として蘇り、「魂の故郷」へ帰還する感覚をもたらしてくる。

鳥のように
獣のように
私たちにもいのちを嗅ぎ分けてすすむ道がある
どこをどのように「今ここ」へやって来たか
誰とともに　誰をも忘れて　なぜ来たか
（中略）
何もないでしょう。
本当になあんにもないでしょう。
――ほんとうに。
砂と砕けた貝殻と小石と鈍くひかる海

左に赤い橋があったかなかったか
誰かといたことと
波音だけがのこっている
一人が立ち　少し離れもう一人が立ち
つよい風に吹かれている
とおい悲しみから
（遠い喜びはなぜ悲しみとして光るのだろう）
二筋のちいさな川が「今ここ」にやって来た
どこをどのように　なぜ……
五十数年と四十数年の
過去世は仄明るみ
見捨てられた子供と子供が話している
何を話していたろう

（「空浜」）

心に刻まれた痕跡としての記憶を、その痛みを蘇らせるためにやって来た土地は、確かに風が吹き、匂いが漂い、潮騒と深い光があるだけの、「何もない」空間である。それが「今、ここ」という、時と空間が一致した記憶の現前化の場であり、魂の気配だけに満ちている「何もない時」であり、「かつてここにたったひと」の魂が今も静かにそこに「在る」、「透明なあかるい子宮の底のような」、「根源的な」場であり、「時」なのである。

記憶の、痕跡の衝撃の蘇りは、いのちの蘇りであり、生きたいという願いの、いのちの欲望の蘇生となっていく。

国道を暮れた海の方へ降りていく
胸のあたりが濃くなり
木の間がくれに幻の鹿たちが輝きはじめる
回り灯籠が点いたように
あれは永遠のいのち
死に溶けずとも死の痛みにふれて光りだす　いのち
（言葉のように、詩のように、）

私たちはもっと深い傷となり
蘇ることはできるか？
誰をも救いたい、と思うほどに
ひとりの人の祈りを　闇にのこされた花々のいとおしさを
感じ尽くすそのことで

（「新鹿（二）」）

破壊から路地が蘇ってくるように
遥かな未来から「その時」が現れるように
訴えている光と影をつよく感受する

白色矮星のしずかな爆発として
生まれつづけるいまのいま
人がチリのようにいなくなっても
誰しもの深い眠りの中から
その季節に花々は咲く

（「路地」）

永遠でありながら現在、失っているのにそこにある、悲しみでありながら喜びでもあり、沈黙していながら暗くはなく光が降り注いでいる、静止しているがいのちの躍動の気配を感じる、といった記憶と現在の心象風景がぴったりと重なる、一瞬を求めての旅である。

記憶の蘇りがその一瞬と自己の存在意識の鮮明な感覚、命の躍動の感触を蘇らせる。永遠を手にする現在という時の一瞬、それが紀州へ旅して、その土地、記憶の風景（何もない風景）の中で詩人が向かい合った中上健次の蘇りである。

『新鹿』はエレジーであり、鎮魂詩でもあるが、何よりも自らの内面への下降の旅、記憶の衝撃の呼び戻しの詩である。そしてそれがエレジーや鎮魂歌の真髄なのだと思う。『新鹿』は中上健次へだけではなく、過去に生きて、他者の記憶の中に痕跡を残し、その「痛み」の蘇りによって、「生まれつづけるいまのいま」を、をその「今」のいのちを、「永遠」に繋いでいったすべての作品と人々への鎮魂歌なのである。それらは、「永遠の花粉となり」、「宇宙に受粉」し、その記憶は個人、そして一人の故人の記憶を超えて、何処か原初の彼方へと導いていく。

花ノ窟《いわや》はすぐそばである
うっそうとした緑の境内を抜けると
七十メートルの白い絶壁のご神体がそそり立つ
海上からの目印でもあるというそれは
女陰《ほと》のかたちである

（中略）

花はよろこびである　よろこびを生む悲しみである
花芯をみつめていると
遥かな古えの人々の眩暈がする

＊

ふたたびの生のために今は眠る私の母は
咲いている花も咲かない花も

この永遠の今にあふれるようにひらかせる
私をまなざすその喜びは　私にまなざされる深い悲しみへ
静かに翳る

（「花ノ窟」）

あとがき

　ここに収めたのは、詩集『青い藻の海』の詩篇を書き終えた頃の、二〇一〇年頃から書き始め、二〇一七年までに書いたエッセイである。二〇〇九年から二〇一六年までの時期は私にとって、大きな変化があった時期だった。夫や母の死、そしてそれらの身近な死が、世界の終わりへ向かっての大きなうねりの中にあるような気持ちをもたらした東日本大震災と放射能汚染、惨事といっても過言ではない個人的な事件が重なった。

　しかし藻の詩集が出ると、新たな気持ちが湧き出し、そのとき、詩を読む喜びに再び囚われるようになった。詩を読むのは楽しいのではなく、詩が蘇らせてくるいのちに出会う喜びなのだ、と深く感じたのである。これらのエッセイの中で、読者が改めて詩に出会ってくれたら嬉しいと思っている。

　コロナの時期、ニュー・ノーマルではなく、古い日常に考えを馳せることが多いが、詩はいつも危機と共にあったのであり、詩の領域も、魅力も、そして詩の喜びも、そこから生まれることには変わりないと感じている。

今回、評論集と同時に詩集『音波』が出ることになった。詩集のほうは、二〇〇七年以降に書いた詩である。二つとも編集を手がけてくださった藤井一乃さんに心から感謝している。ここに収めたエッセイを書き始めた最初から、藤井さんはその行方を見守ってくれていたのである。表紙には、スウェーデンの作家エヴァ・ヴァリエさんの東アジアの古紙を用いた作品を選んでいただいて大変嬉しい。エヴァさんとデザイナーの伊勢功治さんにも感謝の気持ちを伝えたい。

二〇二〇年七月

水田宗子

初出一覧

はじめに　書き下ろし

食べる　「カリヨン通り」5号、二〇一〇年十月
蘇る　「カリヨン通り」9号、二〇一二年十二月（「記憶2　一瞬」改題）
心と身体　「カリヨン通り」6号、二〇一一年三月（「からだと心」改題）
痛み　未発表、二〇一四年六月
戻る　「カリヨン通り」7号、二〇一一年七月（「戻る：井坂洋子と正津勉の作品から」改題）
剝ぐ　「カリヨン通り」16号、二〇一七年三月
根　「カリヨン通り」10号、二〇一三年十一月
場所　「カリヨン通り」8号、二〇一二年一月（「記憶1」改題）

詩《し》の魅力《みりょく》／詩《し》の領域《りょういき》

著者
水田《みずた》宗子《のりこ》

発行者
小田久郎

発行所
株式会社思潮社

〒一六二―〇八四二　東京都新宿区市谷砂土原町三―十五
電話〇三（五八〇五）七五〇一（営業）
　〇三（三二六七）八一四一（編集）

印刷・製本
三報社印刷株式会社

発行日
二〇二〇年十月三十一日